NOUVELLE BIBLIOTHÈQUE

morale et amusante.

Angéline

ET FRANÇOISE

PAR

Mlle V. NOTTRET,

Maîtresse de Pension,

auteur de *Simples Historiettes*, *Récompense du Travail*, etc.

PARIS
LIBRAIRIE DE P. LETHIELLEUX,
Rue Bonaparte, 66.

TOURNAI
LIBRAIRIE DE H. CASTERMAN,
Rue aux Rats, 11.

H. CASTERMAN

ÉDITEUR.

ANGÉLINE

ET FRANÇOISE.

APPROBATION

DE L'ÉVÊCHÉ DE TOURNAI.

Imprimatur.

Tornaci, die 9 meii 1860.

A.-P.-V. DESCAMPS, vic.-gen.

La pauvre fille atteignit du coude un très beau vase de porcelaine.

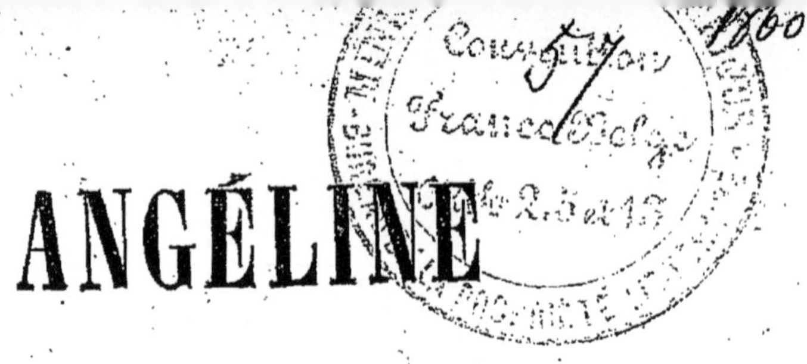

ANGÉLINE

ET

FRANÇOISE

Par Mlle V. NOTTRET,
Maîtresse de pension.

PARIS
LIBRAIRIE DE P. LETHIELLEUX,
RUE BONAPARTE, 66.

TOURNAI
LIBRAIRIE DE H. CASTERMAN,
RUE AUX RATS, 11.

H. CASTERMAN
ÉDITEUR.
1860

ANGÉLINE

ET FRANÇOISE.

CHAPITRE PREMIER.

Une adoption.

C'était une bien ravissante enfant qu'Angéline de Solières ; ses joues roses et fraîches, ses grands yeux d'un bleu d'azur, ses longs cheveux blonds et bouclés formaient un ensemble gracieux qui attirait et charmait les regards. Mais on n'admirait pas seulement sa beauté fine et délicate ; ce qui plaisait surtout, c'était son enjouement, sa gaieté naïve, son sourire caressant ; tout révélait en elle une nature douce et aimante. Aussi était-elle de la part de sa mère l'objet d'une tendresse qui aurait pu lui devenir fatale, si elle avait été moins bien douée sous le rapport des qualités du cœur.

Mme de Solières était propriétaire d'un joli château situé dans le village de Bernes, non loin de Rouen, et des circonstances particulières contribuaient encore à lui rendre Angéline plus chère. Elle avait eu deux petites filles dans les premières années de son mariage ; mais à peine leurs lèvres avaient-elles pu balbutier quelques mots, que la mort les lui avait ravies. Aussi, à la naissance d'Angéline, c'est avec une ferveur ardente qu'elle avait demandé au Seigneur de l'épargner, et cette fois ses prières avaient été exaucées. Elle avait vu sa fille grandir sous ses yeux, fraîche et bien portante ; elle lui avait vu franchir l'âge néfaste où les autres lui avaient été enlevées.

Comme si le Ciel s'était plu à voiler sa joie d'une douleur amère, Angéline avait quatre ans à peine, quand M. de Solières, plein de jeunesse, de vie et d'avenir, fut, en quelques jours, entraîné dans la tombe, par une maladie aiguë.

C'était un homme d'un caractère noble et désintéressé ; sa femme n'avait point assez d'élévation dans l'esprit pour bien comprendre toutes les aspirations généreuses de son ame ; cependant, cette mort imprévue, qui venait briser son bonheur, fut d'abord pour elle un coup terrible, et elle concentra sur sa fille toutes les facultés aimantes de son ame.

Pendant son existence de jeune fille, Mme de Solières n'avait savouré que les douceurs de la vie ; jamais sa pensée ne s'était arrêtée sur les souffrances de l'humanité, et l'avenir lui apparaissait chargé de promesses de bonheur. Ne possédait-elle pas la richesse, source de toute jouissance, puissance suprême devant laquelle chacun s'incline ici-bas? Aussi est-ce avec une sorte de stupeur, d'étonnement, qu'elle avait vu la main glacée du malheur s'appesantir sur elle, et la mort moissonner l'un après l'autre tous les êtres dont l'affection charmait sa vie.

Elle n'avait point assez de grandeur d'ame pour supporter la douleur, ni pour s'humilier pieusement devant la main qui la frappait ; elle ne savait ni souffrir ni se résigner ; il lui fallait donc oublier.

Grâce aux agréments de son existence opulente, elle y réussit peu à peu. Le luxe lui prodiguait ses douceurs ; ses appartements étaient riches et bien ornés, ses jardins parfumés de fleurs rares et charmantes. Si son cœur était fermé, pour ainsi dire, à tout ce qui l'élève et l'ennoblit, il y restait pourtant un sentiment profond et touchant, l'amour maternel poussé jusqu'à l'exaltation, et une ravissante enfant, belle de candeur et d'innocence, l'appelait sa mère, et lui prodiguait ses naïves caresses.

Dans cette douce et paisible atmosphère, sa douleur s'endormit peu à peu, et un jour vint où ses malheurs passés ne lui apparurent plus que dans un vague lointain. Voir son enfant heureuse et bien portante, telle fut dès lors son unique pensée. Aussi les désirs d'Angéline étaient des lois pour elle ; elle lui prodiguait avec profusion les beaux vêtements, les jouets rares ; la vie de la charmante enfant s'écoulait douce et heureuse ; le bonheur seul la caressait de sa brise embaumée.

Jamais Mme de Solières n'évoquait devant sa fille de tristes images, jamais elle ne lui parlait de ses sœurs, petits anges envolés vers le ciel, jamais elle ne dirigeait ses pas dans le cimetière, vers le somptueux mausolée qui recouvrait les restes de M. de Solières. Mais celui-ci avait transmis à sa fille toute la délicatesse, toute la sensibilité de son ame ; la vue d'un malheureux glaçait le sourire sur les lèvres d'Angéline, et amenait des larmes dans ses yeux. Elle ne s'en tenait point à ces marques de commisération, et elle n'était point satisfaite qu'elle ne l'eût secouru d'une manière efficace.

Angéline avait eu pour nourrice une paysanne d'un village voisin, nommée Charlotte Martin ; cette femme était la veuve d'un fermier. Elle avait autrefois joui d'une certaine aisance, mais des pertes successives lui avaient enlevé ce qu'elle possédait, et la mort de son mari avait achevé de la réduire à la misère. Elle avait donc confié à une parente le soin de sa petite fille, à peine âgée de quelques mois, et elle avait accepté avec empressement la bonne place qu'on lui offrait chez Mme de Solières.

C'était une honnête femme, une fraîche et robuste paysanne, et c'est sans doute en grande partie à ses soins qu'Angéline devait sa bonne santé. Aussi, avait-elle été généreusement récompensée à son départ de Bernes, et elle était allée s'établir à Rouen, avec son enfant, pour y chercher les moyens de gagner sa subsistance. Elle était revenue plusieurs fois voir Angéline, avec Françoise sa fille, et l'aimable enfant qu'elle avait nourrie de son lait, lui faisait chaque fois un accueil qui l'enivrait de plaisir. Il y avait pourtant deux années déjà qu'elle n'avait paru au château, quand on apprit sa mort. Cette nouvelle fit couler les larmes d'Angéline, et, dans la naïveté de son ame, elle demanda à Mme de Solières si Françoise pourrait vivre sans mère pour l'aimer, la caresser, lui sourire à son réveil, et l'endormir par ses baisers. Celle-ci, émue, attendrie, ne lui avait répondu qu'en la pressant sur son cœur. Quelques jours après, Angéline était assise auprès de sa mère, le visage pensif et les yeux attachés vers la terre.

— Maman, dit-elle tout à coup, savez-vous ce qu'a fait Françoise? elle a sept ans comme moi, pas davantage; moi je ne sais pas même m'habiller seule, je ne fais rien tout le jour que courir et jouer, eh bien! c'est elle-même qui a soigné sa mère, elle lui faisait ses tisanes, elle les lui apportait; elle soutenait son oreiller, et même, la nuit où la pauvre Charlotte est morte, elle l'a passée en prières auprès de son lit.

— D'où tiens-tu ces détails? demanda sa mère avec étonnement.

— De Marie, répondit l'enfant.

Marie était la femme de chambre de Mme de Solières : celle-ci la fit venir, et Marie fit l'éloge de Françoise ; elle peignit son courage, sa raison précoce, son dévouement pendant la maladie de sa mère. Elle voulait intéresser la grande dame en faveur de la pauvre petite fille ; et d'ailleurs, ses paroles n'étaient que l'expression de la vérité.

— Que je voudrais voir Françoise ! fit l'enfant, elle doit être bien grandie maintenant ; elle était encore si petite quand elle est venue la dernière fois.

— Eh bien ! dit sa mère, nous la ferons venir ; savez-vous, Marie, où elle est ?

— Oui, madame, elle est pour le moment à Rouen chez une de ses parentes ; mais cette femme a déclaré qu'elle ne pourra pas la garder longtemps, et il lui faudra donc entrer à l'hospice, car sa mère ne lui a laissé aucune ressource.

— Pauvre Françoise ! s'écria Angéline, je voudrais la voir, la voir bien vite.

— Certainement, mon enfant, elle viendra, elle passera quelques jours avec toi.

— Cette promesse vague ne satisfaisait pas

complétement la petite fille, habituée à voir réaliser sur-le-champ ses désirs; aussi elle insista si bien que Mme de Solières donna au domestique André l'ordre d'aller immédiatement chercher à Rouen la fille de Charlotte.

Angéline alors sauta de joie, battit des mains, l'engagea à se hâter, et interrogea bien des fois la grande route pour voir s'il ne revenait pas. Enfin, un nuage de poussière lui annonça son retour; elle s'élança sur le perron, et vit descendre de voiture une pauvre petite fille, vêtue d'une robe de laine noire, et les cheveux cachés sous un bonnet de soie de la même couleur. Son visage était profondément triste, son attitude modeste et embarrassée; ses yeux noirs avaient beaucoup d'éclat, ses traits, sans être jolis, n'étaient point disgracieux, mais elle était pâle, étiolée comme les enfants des campagnes transplantés dans les grandes villes, et privés de l'air pur des champs. Qu'Angéline était rose et fraîche auprès d'elle! quel contraste navrant présentaient ces deux enfants, dont l'une n'avait savouré encore que les joies de la vie, dont l'œil rayonnait de bonheur, tandis que l'autre était déjà aux prises avec les rigueurs de la misère, tandis qu'une amère souffrance brisait déjà son cœur ! Cependant, Françoise était calme; ses yeux étaient sans larmes, mais son regard s'abaissait morne et abattu.

Angéline l'embrassa avec effusion, et, la prenant par la main, lui fit monter les degrés du perron. Elle la conduisit dans le salon où se trouvait Mme de Solières, et la poussa doucement vers elle, en lui disant : « Voilà maman, ne la reconnais-tu pas bien ? ne sois donc pas si timide, lève les yeux ; si tu savais combien elle est bonne ! »

La grande dame sourit à sa fille, et jeta un regard distrait sur la petite étrangère. Angéline lui fit alors parcourir toutes les salles de l'habitation, puis elle l'entraîna dans sa chambre.

Rien de plus joli, de plus coquet que le petit appartement destiné à l'heureuse enfant ! Des tentures de soie bleue, en affaiblissant l'éclat du jour, donnaient à tous les objets une couleur molle et indécise. Le lit d'acajou disparaissait sous des rideaux de mousseline et de dentelle d'une blancheur de neige ; le parquet était caché par un tapis moelleux, aux nuances vives et variées. Françoise considérait avec étonnement son image dans une magnifique toilette où Angéline pouvait facilement se mirer de la tête aux pieds. Sa cheminée de marbre blanc supportait un Christ en ivoire, des vases de Sèvres et du Japon, d'une charmante originalité, et sur différentes étagères s'étalaient d'élégantes curiosités, et mille petits objets d'un travail gracieux et délicat.

Jamais Françoise n'avait rien vu d'aussi beau ; aussi levait-elle la tête, promenant çà et là un regard étonné. Ce n'était pas tout encore, Angéline la fit pénétrer dans un cabinet voisin où elle serrait tous ses jouets, et certes, il y avait là de quoi récréer et charmer les yeux d'un enfant : c'étaient de belles poupées de différentes dimensions, avec une longue chevelure et des yeux brillants, une garde-robe destinée à contenir leurs vêtements, des chaises, des canapés, des jeux de patience, des ménages, des services de porcelaines, enfin tous ces charmants jouets, chers et délicieux passe-temps de l'enfance.

— Tu vois, disait Angéline, que de choses amusantes ! et tout cela sera pour toi aussi, car désormais tu partageras mes jeux.

Et pourtant, Françoise conservait son air triste, pensif, et ne paraissait point sourire à cette perspective. Les jours suivants, les petites filles consacrèrent une partie de leur temps à courir, à folâtrer dans les jardins, et elles employèrent le reste à dresser un dîner, à habiller les poupées, à lancer la balle ou le cerceau. Angéline était remplie de prévenances et d'amabilité pour la petite orpheline ; elle jouissait non-seulement du plaisir d'avoir une compagne, mais surtout de la pensée qu'elle adoucissait le malheur de Françoise.

Cependant, il avait été convenu que Françoise passerait quelques jours au château, mais rien de plus n'avait été décidé pour son avenir. Quand Mme de Solières parla de son prochain départ, Angéline s'approcha d'elle, et l'entourant de ses deux bras caressants :

— Petite maman, lui dit-elle de sa voix la plus douce, j'ai une prière à te faire.

— Et laquelle, mon ange ?

— Je n'ose.

— Pourquoi donc ? t'ai-je jamais refusé quelque chose ?

— Eh bien ! je voudrais que Françoise ne

nous quittât plus, qu'elle restât toujours au château, il lui faut une si petite place à elle, et ici avec nous elle serait heureuse, au lieu que là-bas elle sera perdue, isolée au milieu des autres orphelines.

La grande dame réfléchit un moment; cette demande la contrariait : c'était se créer un embarras pour le présent, et surtout pour l'avenir ; mais pourtant sa fille le désirait ; peut-être s'ennuierait-elle après le départ de Françoise, et si sa santé venait à en souffrir, que de regrets pour sa mère ! Cette pensée la détermina, et, prenant la main d'Angéline :

— Eh bien ! sois contente, chère enfant, lui dit-elle; puisque tu le désires, Françoise restera avec nous.

La physionomie de la petite fille s'éclaira d'un radieux sourire; elle remercia sa mère par ses baisers, puis courut vers Françoise, en lui disant : « Que je suis heureuse ! tu ne me quitteras plus ; tu seras ma sœur, tu partageras mes jeux et mes études ; ma mère y consent. »

Chose étrange! la fille de Charlotte n'accueillit cette nouvelle que par des larmes.

— Qu'as-tu donc? s'écria Angéline toute

déconcertée? est-ce que tu voudrais nous quitter, aller à l'hospice?

— A l'hospice ! s'écria l'enfant, comme si ce mot la rappelait au sentiment de la réalité, puis elle murmura lentement : Ma mère ! ma pauvre maman ! pourquoi m'avez-vous donc quittée?

Une douleur amère oppressait son cœur, et elle semblait interroger avec frayeur l'avenir qui l'attendait dans l'opulente demeure de Mme de Solières.

En conservant Françoise au château, la grande dame n'avait fait que céder aux instances de sa fille, et non à un généreux élan de son cœur. Elle y avait vu la satisfaction d'un caprice d'Angéline, et non une œuvre de dévouement, de charité, à accomplir envers une pauvre enfant sans mère. C'était une de ces femmes qui, par habitude, par respect des convenances, peut-être un peu par le sentiment du devoir, consacrent chaque année une faible portion de leurs revenus à des souscriptions, à des sociétés de bienfaisance, mais dont les pensées ne s'étendent pas au delà des besoins matériels du pauvre, et qui se garderaient bien d'aller dans son réduit lui porter des paroles de sympathie et de consolation.

Quand il fut décidé que Françoise grandirait au château, l'idée ne lui vint pas qu'il y avait là un cœur à former, une ame dont elle devait diriger les aspirations, une pauvre enfant pour qui ne devaient jamais briller les rayons salutaires de l'amour maternel.

Elle ne comprit point l'espèce de maternité intellectuelle qui lui était par là dévolue ; elle trouva Françoise bien heureuse d'une pareille adoption, et ne songea point à étudier les tendances de son esprit, à régler sa position d'après l'avenir qui serait un jour le sien.

Ce soin fut laissé tout entier à Angéline ; malgré ses charmantes qualités, la petite fille n'avait point le jugement, la réflexion d'une personne mûre. Légère, étourdie, un peu capricieuse comme le sont tous les enfants que la fortune a favorisés de ses dons, elle ne voulait plus aujourd'hui ce qu'elle avait voulu la veille. Parfois elle comblait Françoise de caresses, elle la faisait asseoir auprès d'elle ; puis avait-elle quelques petites amies du voisinage, elle cessait de s'en occuper, elle la négligeait complétement, non qu'elle cessât de l'aimer, mais par un mouvement irréfléchi, bien excusable à son âge.

Françoise s'en trouvait offensée, elle allait alors s'asseoir à la table des domestiques, ou bien passait dans un coin écarté les moments donnés au repas. La reconnaissance qui aurait dû l'animer pour ses bienfaitrices, se transformait en un sentiment amer et douloureux.

Pourtant la nature avait donné à l'enfant une âme tendre et avide d'affection, mais en même temps une réserve, une timidité excessive qui, dans la situation où elle se trouvait, s'était promptement transformée en sauvagerie, en dissimulation.

Tout le temps que sa mère avait vécu, Françoise s'était trouvée heureuse, bien heureuse, et pourtant les jeux de l'enfance lui étaient presque inconnus, et souvent la gêne et les privations habitaient sous leur toit. Mais elle aimait profondément sa mère, et c'était pour elle un plaisir que de s'ingénier à lui rendre mille petits services que lui permettait son âge.

Tout le jour, elle allait à l'école, puis, à son retour, elle faisait des commissions, cousait, tricotait pour elles deux, et sentait son cœur se réchauffer au souffle d'une affection ardente et généreuse, car Charlotte se serait immolée pour le bonheur de sa fille : c'était son unique trésor à elle, pauvre femme, privée de son époux, déshéritée des dons de la fortune.

Aussi, quand la maladie était venue frapper sa mère, Françoise avait montré une énergie au-dessus de son âge, et enfin lorsqu'elle l'avait vue le visage pâle et glacé par la mort, son pauvre petit cœur s'était brisé, elle avait compris qu'elle était désormais seule dans la vie, que ses douleurs, comme ses joies, seraient indifférentes aux autres, et une mélancolie profonde et invincible s'était emparée d'elle, lui avait inspiré de la méfiance et de l'éloignement pour le monde.

La conduite de Mme de Solières à son égard n'était pas propre à vaincre cette fâcheuse disposition d'esprit ; jamais elle n'avait pour Françoise ni un regard, ni une caresse, ni une parole de sollicitude, tandis qu'elle prodiguait avec effusion à sa fille les témoignages de la plus vive affection.

Mais, se dira-t-on, comment Françoise ne ressentait-elle point, au moins pour l'aimable Angéline, de l'attachement et de la reconnaissance ? Ah ! c'est que, comme nous l'avons vu, il lui arrivait parfois d'offenser la susceptible enfant, c'est que ses marques d'amitié variaient au gré des impressions du moment.

D'ailleurs, un mauvais sentiment germait dans le cœur de la fille de Charlotte, c'était la jalousie ; et la comparaison qu'elle pouvait faire à chaque instant de la situation d'Angéline avec la sienne, était bien de nature à développer cette fatale tendance.

La femme de chambre était chargée de veiller à ce que rien ne manquât à Françoise, et certes elle n'avait jamais, du vivant de sa mère, désiré d'aussi beaux vêtements que ceux qu'elle portait alors; mais pourtant, quelle différence encore avec ceux d'Angéline! Le chapeau de Melle de Solières, entouré d'une délicate guirlande de fleurs, était de la paille la plus fine; sa robe blanche était ornée de volants et de riches broderies, tandis que le chapeau de Françoise n'avait qu'un modeste ruban; sa robe, un simple ourlet. Angéline était si fraîche et si gracieuse que, lorsqu'elles sortaient ensemble, mille exclamations à sa louange parvenaient à leurs oreilles. Les visiteurs de la maison se montraient empressés à accabler de caresses et de prévenances l'unique enfant de Mme de Solières, tandis que personne ne songeait à la pauvre et timide orpheline.

Jusqu'à l'âge de huit ans, Angéline avait vécu dans une complète liberté ; à cette époque, sa mère résolut de lui donner une gouvernante, et une personne de beaucoup de mérite, Mlle Victoire Varrene, fut appelée auprès d'elle.

Françoise était pénétrée de cette fausse idée que toutes les préférences de l'institutrice devaient être pour Angéline, et elle l'aborda avec une défiance qui n'était pas de nature à lui concilier ses bonnes grâces.

Angéline, aimable et prévenante, la prenait par la main, lui faisait parcourir les alentours de l'habitation, en lui racontant mille détails qui, dans sa bouche naïve, revêtaient un charme nouveau, tandis que Françoise s'éloignait d'elle, ou bien, les yeux baissés, répondait à peine à ses questions par quelques monosyllabes. Aussi le soir, au salon, Françoise, qui faisait semblant d'être absorbée dans un livre de gravures, entendit Mme de Solières demander à Mlle Victoire.

— Et bien, que pensez-vous de vos élèves ?

— Angéline est charmante, répondit celle-ci,

une grâce, un entrain, une précocité d'esprit qui étonne et ravit ; quant à l'autre !... et elle baissa la voix de manière à ce que Françoise n'entendît pas.

— Flatteuse ! murmura la petite fille, Angéline est riche, elle a donc toutes les perfections; et elle demeura convaincue que, malgré ses efforts, Mlle Victoire serait toujours injuste à son égard.

Du vivant de sa mère, Françoise était studieuse, elle avait appris rapidement à lire, à écrire ; elle aimait l'étude ; mais cette fois, elle l'aborda sans ardeur.

— A quoi bon, se disait-elle, à quoi bon faire des efforts ? ne trouvera-t-on pas toujours qu'Angéline me surpasse ?

Mme de Solières était heureuse des progrès de son enfant chérie, que l'inapplication de Françoise mettait mieux en relief, et elle s'inquiétait peu de celle-ci.

— Bah ! se disait-elle, elle n'est pas destinée à être une grande dame ; elle en saura toujours assez.

Quant aux affectueuses remontrances que Mlle Victoire croyait devoir lui adresser, elle les recevait avec un air de victime résignée, et les regardait comme une nouvelle preuve de ses mauvaises dispositions à son égard.

Cependant Françoise paraissait douce et patiente, elle se prêtait avec complaisance aux caprices de sa petite compagne, et l'on était bien loin de soupçonner les pensées qui agitaient son esprit. On approchait pourtant d'une catastrophe qui devait exercer une grande influence sur la destinée des deux enfants, et inspirer à la fille de Charlotte de cruels et ineffaçables regrets.

CHAPITRE II.

Une mauvaise action.

C'était l'époque de la fête d'Angéline, époque de joie et de bonheur au château ; jamais Mme de Solières ne manquait de lui offrir pour cette occasion une collection des jouets qui devaient le plus flatter ses goûts. La petite fille le savait ; aussi ce jour comptait-il dans l'année comme le plus beau de son heureuse existence. Après un sommeil embelli par mille rêves charmants, Angéline se leva de grand matin ; légère et joyeuse, elle courut à sa fenêtre. Le temps semblait d'accord avec la félicité qui inondait son ame ; tout faisait présager un beau jour. Le soleil, se dégageant du brouillard matinal, répandait sur la terre un pur et radieux éclat ; il ouvrait par ses baisers le calice des fleurs, et faisait briller de mille teintes diverses le feuillage des arbres. L'aimable enfant souriait à la nature si fraîche et si bien parée, et des pensées de bonheur remplissaient son cœur. Elle courut à la chambre de sa mère, et là elle trouva, au milieu d'une vaste corbeille de fleurs, dix beaux volumes richement reliés et ornés de jolies gravures. Elle aimait beaucoup la lecture ; aussi, à cette vue, elle battit des mains, tressaillit de plaisir, puis courant chercher Françoise :

— Viens donc, lui dit-elle, viens voir le beau présent que ma bonne mère m'a fait aujourd'hui !

Françoise la suivit, et jeta un regard sur la magnifique collection de livres ; puis elle songea à sa mère qui ne manquait jamais, chaque année, de lui souhaiter sa fête à elle aussi, et qui lui offrait alors un petit cadeau bien modeste, il est vrai, mais qui éveillait en elle des transports de joie ; des larmes d'émotion lui vinrent aux yeux.

— Tu pleures, s'écria étourdiment Angéline, serais-tu jalouse ?

— Jalouse ! moi ! fit Françoise avec animation, c'est parce que je suis pauvre, que tu me fais cette injure.

— T'injurier ! je n'y songe pas ; je voudrais te voir partager ma joie ; ne profiteras-tu pas comme moi de ces volumes ? à quoi servent les livres ? à récréer notre esprit par la lecture. Eh bien ! tu les liras autant que tu le voudras, ils sont à toi comme à moi.

Françoise ne répondit pas, et demeura sérieuse, mais Angéline oublia bientôt ce léger incident ; elle fut tout le jour accablée de caresses et de prévenances : c'était à qui la fêterait et lui serait agréable. Aux présents de sa mère, avaient succédé d'autres cadeaux encore, ceux des amis de sa famille et même des serviteurs du château, et ce n'est pas ceux-là qu'elle avait accueillis avec le moins de plaisir. Ainsi Robert, le jardinier, lui avait apporté un rosier blanc, tout couvert de boutons qui faisaient espérer une abondante moisson de fleurs charmantes. Henri, son fils, lui avait fait présent d'un sansonnet qu'il avait apprivoisé, et dont le ramage était le plus joli du monde.

Ce n'était pas tout encore, plusieurs petites filles riches du voisinage avaient été invitées au château, et la journée devait s'écouler en jeux de toute espèce. Chacune aimait Angéline à cause de son charmant caractère ; d'ailleurs elle était l'héroïne de la fête ; aussi, ses compagnes volaient-elles avec empressement au-devant de ses désirs, et l'aimable enfant était rayonnante de bonheur.

Françoise ne prenait point part à la joie générale, elle se sentait plus triste que de coutume, et les bruyants éclats de rire des autres lui faisaient mal ; aussi, elle quitta furtivement la réunion pour aller se promener seule dans un bosquet du jardin. Elle s'assit sur un banc à l'écart, et là, elle songea à son isolement présent et aux jours heureux qu'elle avait passés avec sa mère ; elle laissa tomber sa tête dans ses mains, et son visage s'inonda de larmes. Absorbée dans sa douleur, elle oubliait Angéline et ses compagnes, quand tout à coup des clameurs joyeuses retentirent à côté d'elle. On écarta de force ses deux mains, et son visage, inondé de larmes, apparut aux autres enfants qui poussèrent un éclat de rire.

— Qu'as-tu donc ? Françoise, s'écrièrent-elles avec plus de malignité que d'intérêt ; ah ! ah ! elle nous quitte, elle vient rêver, pleurer.. Françoise est mélancolique et rêveuse ; elle recherche la solitude !

— Bah! reprirent quelques voix, notre joie lui fait mal, c'est une vilaine envieuse.

A ces paroles outrageantes, à ce reproche qui la blessait au cœur, et qui lui était adressé, ce jour-là, pour la seconde fois, Françoise tressaillit, elle quitta le siége où elle était assise, et rasséréna soudain son visage.

— Eh bien! s'écria-t-elle, je suis prête; à quoi voulez-vous jouer? que voulez-vous faire?

Et l'instant d'après elle folâtrait avec les autres; mais le calme qui était revenu sur sa physionomie, était bien loin de l'être dans son esprit.

Cependant, la cloche retentit bientôt, appelant les enfants à une collation superbe que Mme de Solières avait fait préparer pour elles. Le joyeux essaim s'achemina rapidement vers la salle à manger, et l'on poussa de vives acclamations à la vue des mets dont la table était couverte. Crèmes parfumées, bonbons exquis, pâtisseries délicates, tout ce qui pouvait flatter les goûts des jeunes convives avait été là réuni.

C'était Angéline qui faisait les honneurs de la table; elle indiqua leurs places à ses jeunes amies, mais par mégarde un couvert avait été oublié. Angéline ne s'en aperçut point, tout entière au plaisir qu'elle éprouvait à jouer le rôle de maîtresse de maison. Françoise avait embrassé la table d'un coup d'œil, elle avait remarqué le couvert absent, et en avait conclu qu'on voulait l'exclure de la réunion. Elle prit aussitôt la fuite pour échapper à l'humiliation qu'on lui préparait, se disait-elle, et la voilà de nouveau dans le jardin, seule avec les pensées qui l'agitent, qui l'irritent. Elle ressent une faim cruelle, mais cette souffrance n'est rien auprès des tortures morales auxquelles elle est en proie; elle verse des larmes amères, puis s'enfonce dans les bosquets, comme pour se dérober à tous les regards.

Si une voix amie fût venue en ce moment lui faire entendre le langage de la raison, peut-être y eût-elle prêté l'oreille, mais la solitude est mauvaise conseillère, elle aigrit l'esprit, et l'agitation de Françoise allait toujours croissant. Elle se retrouva dans le même bosquet où ses pleurs avaient provoqué une si vive hilarité.

— Ah! murmura-t-elle, on rit de mes larmes,

et s'il en tombait une seule des yeux d'Angéline, on ne saurait que faire pour l'essuyer, pour en tarir la source. Tout lui a été donné à elle, beauté, fortune, naissance, une mère pour l'aimer, et à moi rien, rien...! partout la solitude autour de moi, partout des visages hostiles ou dédaigneux. Je me vengerai, oui, je veux me venger.

A peine ces fatales paroles sont-elles prononcées, qu'elle aperçoit à quelques pas d'elle une escarpolette qui faisait les délices d'Angéline.

Une affreuse pensée traverse son esprit.

— Elles vont revenir, se dit-elle, et elles riront encore de moi, car elles s'apercevront de mon absence. Si je le voulais, l'une d'elles pourrait bien avoir à pleurer aussi ; elles vont sans doute se balancer encore, c'est leur jeu favori. Qui sait ? ce serait peut-être Angéline, oui, sans doute, ce serait-elle, ne lui donne-t-on pas toujours la première place à chaque divertissement qui commence ?

En parlant ainsi, Françoise tressaillait, et ses yeux brillaient d'un éclat sauvage. Une scie se trouvait près de là, elle s'en saisit, et parvint, non sans de grands efforts, à couper à demi, à une certaine hauteur, l'une des cordes qui retenaient l'escarpolette.

Maintenant, se dit-elle, elle cèdera au premier ébranlement.

Et elle s'éloigne du lieu où elle vient de commettre une action si lâche ; elle s'enfuit à toutes jambes, éperdue, tremblante, ne sachant elle-même où diriger ses pas. Elle poursuivait encore sa course rapide, quand les jeunes filles sortirent de la salle à manger.

— Tiens, tiens, s'écrièrent-elles, du plus loin qu'elles l'aperçurent, voilà Françoise! que fait-elle donc? qu'est-ce qui lui trotte dans la cervelle? elle n'était pas au goûter; c'est sans doute une gageure qu'elle exécute.

—Bah! reprit une petite fille à la lèvre mince et fière, n'est-ce point assez pour elle de goûter à l'office, c'est l'enfant d'une ancienne servante du château.

Ces paroles parvinrent à l'oreille de Françoise; elle jeta un regard farouche à celle qui venait de s'exprimer ainsi. Cependant, on joua d'abord au Colin Maillard ; puis Angéline proposa le jeu de l'escarpolette qu'elle aimait beaucoup. Comme Françoise l'avait prévu, Angéline s'y plaça la première; plusieurs fois l'escarpolette monta et redescendit.

— Plus haut! plus haut! s'écriait la gracieuse enfant, heureuse de montrer son courage et son agilité.

Françoise la suivait des yeux, partagée entre mille sentiments divers. Tout à coup un cri rauque s'échappa de sa gorge :

— Arrêtez! arrêtez! criait-elle, et elle étendait les bras, et elle se voilait le visage.

Hélas! il n'était plus temps, la corde s'était brisée au moment où l'escarpolette était parvenue à sa plus grande élevation. Angéline, lancée dans l'espace, fut précipitée contre un arbre, sa tête alla frapper contre une des branches, puis elle retomba inanimée sur le gazon de la pelouse, qu'elle teignit de son sang.

A ce spectacle, ce furent de toutes parts des cris, des pleurs, des gémissements.

— Angéline, pauvre Angéline! s'écriaient ses compagnes, et elles l'entouraient comme si leurs baisers et leurs larmes eussent pu la rappeler à la vie.

L'une d'elles comprit qu'il fallait à la pauvre enfant des secours plus efficaces; elle courut vers le château, et quelques instants après Mme de Solières était auprès d'Angéline, étanchant le sang qui l'inondait, et maîtrisant sa douleur pour ne songer qu'à soulager sa fille. Tout son visage était couvert de sang, l'on ignorait d'abord où était la blessure. Mme de Solières ne savait pas même si elle respirait encore.

Cependant, on transporta la petite fille au château, et l'on alla en toute hâte mander le médecin du village. Françoise pleurait, se lamentait plus encore que les autres. Elle avait agi dans un moment de surexcitation, dans un moment où la colère égarait sa raison. Elle avait eu seulement en vue une chute légère pour Angéline ou pour l'une de ses compagnes, et maintenant elle la croyait morte, elle se voyait la conscience chargée d'un meurtre! La pauvre fille se faisait horreur à elle-même, et il faut lui rendre cette justice, que la crainte du châtiment, qui l'attendait peut-être, n'entrait pour rien dans son désespoir, et qu'à cet instant elle eût donné sa vie pour sauver celle d'Angéline.

Cependant le médecin du village arriva bientôt au chevet de l'intéressante enfant ; il constata deux blessures, l'une au front, l'autre à la joue, puis il y appliqua un appareil. Quand il sortit de l'appartement, la pauvre mère le suivit, épiant avec anxiété les paroles qui allaient sortir de ses lèvres.

— Madame, lui dit-il, les blessures d'Angéline n'ont rien de grave ; ce ne sont que des plaies peu profondes ; ce qui est le plus à craindre, c'est la fièvre que cette commotion va lui occasionner, mais pourtant rassurez-vous, avec des soins et de la prudence, nous en triompherons, je l'espère. Non, non, votre fille ne vous sera point enlevée.

— Est-ce bien la vérité tout entière ? murmura Mme de Solières.

— Oui, oui, madame, c'est l'expression de ma pensée ; je me garderais bien de vous donner de vaines espérances, qui vous rendraient la réalité plus affreuse encore.

Mme de Solières remercia le bon docteur; puis, un peu calmée par ses assurances réitérées, elle alla rejoindre sa chère malade.

Pendant le pansement, Angéline avait poussé quelques cris de douleur ; mais ensuite elle parut plus tranquille, elle appela sa mère, et s'endormit en tenant sa main dans la sienne.

Françoise s'était agenouillée sur le seuil de la chambre où reposait la petite malade; elle priait, elle pleurait, mais personne ne prenait garde à elle. Cependant quand la nuit fut venue, la femme de chambre la conduisit vers son lit. Elle continua d'abord à gémir, puis le sommeil vint enfin fermer ses paupières; mais la journée avait été trop agitée pour qu'elle pût jouir d'un paisible repos. Bientôt l'image ensanglantée d'Angéline lui apparut comme un fantôme menaçant; puis il lui semblait voir encore la corde brisée par elle, prête à se rompre, et la fille de Mme de Solières suspendue dans l'espace.

— Arrêtez! arrêtez! s'écriait-elle, pas un mouvement de plus...., elle va se détacher, je le sais bien..., c'est moi qui....

A ce moment, une main glacée saisit la sienne; elle ouvre les yeux, et voit devant elle Mme de Solières, éperdue et tremblante. Ne sachant si c'est là un rêve encore ou bien une apparition réelle, elle s'élance de son lit, tombe à ses genoux.

— Pitié! madame, pitié! s'écrie-t-elle, je vous jure que je ne croyais pas que ce serait Angéline.

— Monstre, s'écrie Mme de Solières, jamais je ne t'aurais cru l'ame si lâche; maudit soit le jour où je t'ai donné asile au château; dès demain tu quitteras cette maison; ta vue me fait mal. Tu porteras tes pas où tu voudras, pourvu que jamais je n'entende parler de toi. Ah! si je n'écoutais que mon ressentiment....

Et en disant ces mots elle disparaît, laissant la pauvre enfant se tordre dans les convulsions du désespoir.

Mme de Solières avait passé la nuit dans la chambre de sa fille, voisine de celle de Françoise, et c'étaient les exclamations entrecoupées de celle-ci qui l'avaient attirée auprès d'elle. Aux paroles incohérentes qui s'échappaient des lèvres de l'enfant, la pauvre mère avait deviné la vérité; mais après l'aveu formel qu'elle en avait fait, il ne lui avait pas été possible de douter, et il est facile de s'imaginer les sentiments qui avaient alors agité son cœur.

Cependant, une heure après, la porte de sa chambre s'ouvrit, et Françoise vit paraître une femme au visage affable et bienveillant, une de ces femmes autour desquelles semble rayonner une auréole de douceur et de bonté. C'était Mme de Servau, la cousine de Mme de Solières ; elle était au château depuis quelques jours ; elle était venue dans la chambre de la petite malade pour savoir de ses nouvelles, et là elle avait appris le rôle odieux que Françoise avait joué dans la catastrophe qui venait de s'accomplir.

Mme de Servau avait laissé sa cousine exhaler son indignation, et certes elle comprenait le courroux de la malheureuse mère ; mais c'était une femme à l'ame sensible et généreuse ; elle avait sur-le-champ reporté sa pensée du lit où gisait Angéline, vers ce pauvre être bien plus à plaindre encore, puisque les mauvais sentiments s'étaient emparés de son ame à une époque de la vie où d'ordinaire l'innocence et la candeur y ont seules un asile.

Depuis son arrivée au château, Mme de Servau avait plus d'une fois jeté sur Françoise un regard observateur ; elle avait compris que la pauvre enfant souffrait, car il y avait sur son visage une expression de contrainte, d'embarras, de résignation qui contrastait avec l'enjouement naturel à l'enfance.

Quand elle entra dans la chambre de la petite fille, elle la trouva à demi-vêtue, assise au pied de son lit, immobile et muette, le visage décomposé par les larmes qu'elle avait versées ; elle la prit dans ses bras, réchauffa dans les siennes ses mains glacées, et lui murmura quelques paroles d'espoir et de consolation. L'enfant leva sur elle un regard reconnaissant.

— Madame, lui dit-elle, je ne vous fais pas horreur. Ah ! Si vous saviez....

— Je sais presque tout, répondit Mme de Servau d'une voix douce et onctueuse, pauvre enfant ! ayez confiance en moi, ne me cachez rien, c'est une amie qui vient vers vous.

— Vous savez ce que j'ai fait, et vous ne me haïssez pas ?

— Non ! non ! je vous plains seulement, mais dites-moi comment et pourquoi vous avez pu concevoir un pareil projet ?

— Je ne le comprends pas moi-même ; je vous assure que je ne savais pas quelles suites terribles il aurait ; elles s'étaient raillées de moi ; je voulais me venger.

— Vous venger ! c'est un mot affreux, un mot indigne d'une ame chrétienne, mais vous n'aimez donc pas Angéline ?

— L'aimer ! moi ! je la haïssais.

— Et pourquoi? n'est-elle pas aimante et bonne?

— Oui! oui! et c'est précisément pour cela.

— Voilà qui est étrange!

— Vous ne pouvez pas me comprendre; mais tenez, j'entendais toujours vanter les grâces, les qualités d'Angéline, et j'en souffrais cruellement, me demandant pourquoi elle était ainsi partagée elle, tandis qu'à moi la nature a tout refusé.

Hélas! je n'avais qu'une mère pour m'aimer, et elle m'a encore été enlevée. Je lui enviais tout, sa fortune, sa beauté et... jusqu'à son nom, le comparant au mien que ses amies tournaient souvent en dérision. Presque chaque soir, madame, j'allais avec elle dire bonsoir à Mme de Solières. Pendant que sa mère la comblait des plus affectueuses caresses, elle n'avait pas un regard, pas un mot pour moi... et c'est pour cela que j'ai été aigrie, que je suis devenue méchante, car je ne l'étais pas autrefois; non, non, je vous assure que, du vivant de ma mère, je ne l'étais pas.

Mme de Servau jetait sur la pauvre enfant un regard attendri, se disant que ce serait une noble tâche, que de ranimer ce cœur malade, et d'y réveiller de généreuses aspirations.

— Ma petite amie, lui dit-elle, vous ne pouvez pas rester dans cette maison, voulez-vous me suivre, venir avec moi à Paris?

— Si je le veux! ô madame! que puis-je désirer de mieux; vous avez l'air si bon, et moi je tâcherai de le devenir; vous m'aimerez un peu, n'est-ce pas?

— Je vous aimerai beaucoup, je n'ai pas d'enfant, vous serez la mienne; je ne suis pas riche, vous partagerez ma médiocrité.

Françoise se laissa glisser aux genoux de Mme de Servau.

— Soyez bénie! lui dit-elle, soyez mille fois bénie! je n'oublierai jamais le moment où vous m'êtes apparue. J'étais désespérée, je croyais qu'il ne me restait plus qu'à mourir; vous êtes mon bon ange.

La généreuse femme releva l'enfant, et, déposant un baiser sur son front :

— Ainsi c'est convenu, lui dit-elle, demain nous partons ensemble, et désormais nous ne nous quitterons plus.

Mme de Servau fit part de son projet à Mme de Solières qui n'y fit aucune objection; elle la plaignit seulement de s'attacher un pareil être.

Cependant Françoise fit activement tous ses préparatifs de départ ; au moment où sa protectrice entra dans sa chambre pour l'emmener, elle s'avança vers elle en lui disant d'une voix suppliante :

— Madame, permettez-moi d'aller dire un dernier adieu à Angéline, et lui demander pardon.

Mme de Servau se garda bien de repousser ce vœu qui partait d'un sentiment si louable ; mais elle savait que Mme de Solières ne pourrait supporter la vue de la malheureuse enfant. Voulant concilier à la fois le désir de Françoise, et les légitimes répugnances de la mère d'Angéline, elle alla d'abord vers sa cousine.

Mme de Servau avait sur elle l'ascendant que donne toujours une incontestable supériorité d'esprit ; elle la décida donc facilement à permettre cette entrevue, et à s'éloigner pour un instant du chevet de la malade.

Françoise s'en approcha alors ; elle s'agenouilla auprès d'Angéline dont le visage était presque entièrement caché par l'appareil posé sur ses blessures. L'enfant lui tendit la main ; Françoise la saisit.

— C'est moi, lui dit-elle d'une voix brisée,

c'est moi qui avais détaché la corde de l'escarpolette.

L'aimable Angéline ne retira pas sa main.

— Console-toi, dit-elle, je le savais, je ne t'en veux pas, et d'ailleurs je guérirai, le docteur l'a dit.

— Merci de cette bonne parole! s'écria la fille de Charlotte, jamais, non jamais je ne l'oublierai, tu es un ange; le sort avait été juste en te comblant de ses faveurs, et moi je ne suis qu'une ingrate. Ah!... si dans l'avenir je pouvais t'être utile un jour, pour celà je sacrifierais tout.... Adieu! adieu! Angéline, merci encore une fois.

Elle se leva alors, et suivit Mme de Servau, qui contemplait d'un regard attendri, la scène touchante qu'elle avait sous les yeux.

Quelques instants après, un carrosse les emportait sur la route de Paris, et Françoise saluait pour la dernière fois le clocher du village où elle était née.

CHAPITRE III.

Une nouvelle existence.

Ainsi qu'elle l'avait dit à Françoise, Mme de Servau vivait à Paris dans une situation modeste; un mariage de convenance l'avait unie toute jeune encore à un officier d'artillerie, son parent. Cet homme, ami du plaisir et des jouissances mondaines, avait méconnu les aimables qualités de son épouse, et d'ailleurs son service l'avait tenu presque constamment éloigné d'elle; aussi avait-elle traversé la vie dans un triste isolement, trop pénétrée d'ailleurs du sentiment de ses devoirs pour chercher au dehors des consolations, pour se plaindre des torts de celui qui eût dû être pour elle un ami, un protecteur dévoué.

Cependant quand l'état de sa santé obligea M. de Servau à mener une vie calme et retirée, elle se rapprocha de lui, et, par ses soins affectueux, embellit les dernières années de son existence. Les prodigalités de M. de Servau avaient en partie dissipé la dot de sa femme, et il ne restait à celle-ci qu'une fortune bien modique. Toutefois, son plus grand regret était de n'avoir point goûté les douceurs de la maternité, et elle s'en consolait en répandant des bienfaits autour d'elle. Si elle n'avait pas toujours de l'or à donner, elle avait du moins toujours, au service de ceux que visitait la douleur des paroles consolantes et des avis salutaires.

Elle avait conservé des relations avec quelques amis de sa famille ; il y en avait parmi eux qui se trouvaient placés dans une brillante position de fortune ; mais elle les recevait sans embarras dans son humble appartement, car l'aisance, l'affabilité de ses manières, la dignité de sa vie, la rendaient dans sa médiocrité supérieure à bien des femmes que le luxe et l'opulence entourent de leur prestige. Mme de Servau présentait enfin le rare et heureux assemblage d'une grande bonté de cœur, unie aux grâces d'une femme du monde, et fécondée, vivifiée par une piété aussi sincère qu'éclairée.

C'était sans nul doute la Providence qui avait

conduit dans cette hospitalière demeure Françoise, la pauvre enfant abandonnée. En effet Mme de Servau aborda avec une généreuse ardeur la tâche qu'elle s'était imposée ; elle étudia avec soin les tendances du caractère de sa jeune protégée, et ne tarda pas à se convaincre qu'elle avait une ame susceptible d'un attachement sincère et durable. Elle l'entoura donc d'une vive sollicitude, la combla de marques d'affection, pour essayer de captiver son cœur, de gagner sa confiance. Elle eût voulu surtout bannir à jamais de son cœur un malheureux défaut que son séjour au château y avait enraciné, c'était l'habitude du mensonge, de la dissimulation, et ce fut par une excessive bonté qu'elle y réussit.

Françoise n'était ni vive, ni étourdie ; cependant il lui arriva un jour de faire un accroc à une jolie robe de mousseline blanche ; en pareil cas, elle essuyait toujours une verte réprimande de la femme de chambre de Mme de Solières. Son premier mouvement fut donc de cacher le dégât ; elle s'empressa de courir dans sa chambre, et d'y passer un autre vêtement.

Dans l'après-midi, Mme de Servau s'aperçut du changement.

— Chère enfant, lui dit-elle, n'avais-tu pas ce matin ta robe blanche?

— Oui, madame, fit la petite fille toute troublée.

— Pourquoi donc l'avoir ôtée?

— J'avais froid, j'ai préféré en mettre une plus chaude.

— Froid! c'est bien étonnant; jamais le soleil n'a été plus chaud, plus brillant; serais-tu donc indisposée? approche-toi, il me semble que tu es plus rouge que d'ordinaire.

Françoise s'approcha, elle avait rougi en effet, mais c'était de confusion; elle ne put résister aux marques d'intérêt que sa protectrice lui donnait; elle se repentit de l'alarmer sans sujet, et, baissant la tête :

— Pardonnez-moi, lui dit-elle, je vous trompais, je n'avais pas froid, mais..... ma robe est déchirée... très-déchirée.

A cet aveu péniblement fait, Mme de Servau ne répondit qu'en l'embrassant.

— Bien, bien, lui dit-elle, de réparer ainsi ses torts; en toutes circonstances, dis-moi toujours la vérité bien vite, ne suis-je pas ton amie? si tu reçois une réprimande, c'est qu'elle est nécessaire, c'est qu'elle doit être utile et profitable; mais quand il ne s'agira que d'un accident involontaire, comme d'une robe abîmée, ne crains rien, chère enfant, ce n'est pas moi qui te ferai pour cela un reproche, car je sais que tu es soigneuse, et qu'il n'y a là rien de ta faute.

Françoise promit d'être toujours sincère ; mais il est difficile de rompre sur-le-champ avec une longue et funeste habitude, et Mme de Servau devait avoir à répéter bien des fois encore ses affectueux avis.

Elle souffrait de ne pas trouver dans son enfant d'adoption la naïveté de son âge, de lui voir cacher ses impressions avec une espèce d'habileté ; mais cependant sa présence répandait sur sa vie un charme nouveau. Elle s'était faite son institutrice, et entreprenait de la guider dans ses études, en même temps qu'elle l'initiait à tous les travaux de son sexe ; Françoise recevait ses leçons avec docilité ; elle se montrait studieuse et laborieuse. Tantôt elle conduisait la petite fille avec elle chez ses connaissances ; tantôt elle la laissait à la maison sous la garde d'une servante, nommée Flavie, qui était chez elle depuis plusieurs années, et en qui elle avait toute confiance. C'était une excellente fille dévouée à sa maîtresse, pleine de gaîté et d'enjouement; mais Françoise s'était persuadée qu'elle devait voir son entrée au logis de mauvais œil, et qu'elle s'efforcerait de lui nuire; l'enfant se tenait donc avec elle comme sur la défensive.

Un jour que, montée sur un petite échelle, Flavie époussetait les meubles du salon, Françoise passa près d'elle en courant, et la heurta si vivement, que la pauvre fille atteignit du coude un très-beau vase de porcelaine qui tomba sur le parquet, et vola en éclats. Toute désolée de l'accident, la servante se retourna vers Françoise en s'écriant :

— Petite maladroite! il fallait bien venir courir par ici pour me faire casser ce beau vase auquel Madame tenait tant.

Françoise fondit en larmes.

— Est-ce donc ma faute? s'écria-t-elle; je savais bien en entrant ici que tout ce qui s'y ferait de mal retomberait sur moi.

— Petite pleureuse! fit Flavie impatientée, laissez-moi relever ces morceaux; de quelle tranquillité on jouissait avant votre arrivée ici !

Françoise s'enfuit exaspérée.

Sa première pensée est aussitôt de se venger ; elle passe devant la porte de la cuisine, et voit non loin de là un chat magnifique, mais voleur à l'excès. Aussitôt une idée lui vient : voilà un moyen bien simple de jouer un tour à Flavie. Qu'elle entrouve seulement la porte de la cuisine, et Minet aura bientôt fini de happer un poulet qu'elle vient de voir dressé pour le dîner. Que dira la servante? Comme Mme de Servau sera mécontente de son apparente négligence ! Aussitôt son projet est mis à exécution ; une large ouverture, faite à la porte de la cuisine, offre à Minet une riche proie, et lui permet de satisfaire amplement son appétit glouton.

A ce moment, Françoise entend deux voix sur l'escalier ; l'une est celle de sa protectrice, l'autre lui est inconnue, et elle voit paraître Mme de Servau, accompagnée d'une dame bien vêtue, et d'une jolie enfant d'une douzaine d'années.

La maîtresse du logis prend Françoise par la main, et la présentant à l'étrangère :

— Mon amie, lui dit-elle, tu le sais, Dieu m'a refusé le titre de mère ; cette pauvre enfant a perdu la sienne, et elle est devenue ma fille d'adoption

Puis s'adressant à Françoise :

— Mon enfant, cette dame que tu vois est Mme Bastien, une amie de ma jeunesse. Ses parents habitaient Paris autrefois ; mais ils l'ont quitté pour aller demeurer en province ; une fois seulement depuis, nous nous sommes retrouvées ensemble, et nous nous étions complètement perdues de vue. J'allais rentrer ici, lorsque notre rencontre a eu lieu ; les années ont respecté cette chère Louise ; aussi en passant auprès d'elle je me dis : Voilà un visage qui me rappelle certainement des souvenirs, et des souvenirs agréables. Je me retourne alors ; Madame en avait fait autant, et cherchait également à se rappeler ; alors, mues par le même sentiment, nous nous rapprochons l'une de l'autre ; nous nous étions reconnues, et après vingt années de séparation, nous avions le bonheur de nous serrer la main. Mme Bastien n'a pas de connaissance à Paris ; elle se proposait d'aller dîner à l'hôtel, je l'ai invitée à partager notre modeste repas ; elle a bien voulu nous consacrer sa soirée. Laure est presque de ton âge ; c'est à toi, Françoise, à lui faire les honneurs de la maison ; montre-lui tes livres, tes jouets, tes gravures.

A ces mots, Françoise pâlit, elle songea aux poulets, la meilleure pièce du dîner, qui devaient être à ce moment dévorés par Minet, et un vif embarras, que l'on prit pour de la timidité, se peignit sur sa physionomie.

Cependant on se mit à table, et Flavie commença à servir le dîner ; la pauvre fille était rouge et mal à l'aise. En entrant dans sa cuisine, elle avait trouvé le dégât commis, et pourtant elle ne se rappalait nullement avoir laissé sa porte ouverte. Malgré la douceur habituelle de sa maîtresse, il lui en coûtait de lui faire part de ce fâcheux accident. Tout à coup, elle se précipite dans la salle à manger, tenant son mouchoir sur ses yeux ;

— O Madame, s'écrie-t-elle, quel malheur !

— Qu'y a-t-il donc ? s'écrièrent les deux dames, alarmées par ses exclamations entrecoupées.

— Et dire, continua-t-elle, que l'on m'accusera de négligence, et que je suis moi-même à me demander comment cela a pu se faire?

— Au lieu de vous lamenter ainsi, dites-nous bien vite ce qui est arrivé, reprit gravement sa maîtresse.

— Ah! les poulets! les beaux poulets! s'écria Flavie, se décidant enfin à prononcer le mot fatal.

— Il ne s'agit que d'eux! je respire, vraiment, Flavie, avec vos exagérations vous feriez croire qu'un malheur véritable nous a frappés.

— N'en est-ce pas un, madame? ces beaux poulets devaient figurer sur votre table; à côté d'eux se trouvait un plat de saucisses, tout a disparu, dévoré par Minet; que voulez-vous que je serve maintenant?

— Ne vous tourmentez pas ainsi, reprit Mme Bastien, notre dîner est bien suffisant, et il n'est nul besoin de rien y ajouter.

Mme de Servau était vivement contrariée de cette scène, qui avait d'abord causé une véritable inquiétude à son amie, et qui pouvait lui paraître concertée entre elle et Flavie pour expliquer le maigre menu du repas; cependant, elle chercha bien vite un moyen d'y remédier, en faisant faire quelques emplettes chez un charcutier du voisinage.

Ce petit incident avait en partie gâté la soirée; Françoise le sentait, et était fort mal à l'aise. Elle regrettait amèrement le mauvais tour qu'elle avait joué, et elle eut, pendant tout le repas, un air de gêne et de contrainte, qui l'empêcha de goûter le plaisir qu'elle aurait assurément trouvé dans la société de la petite Laure, charmante enfant, toute pétillante de gaîté.

Madame de Servan ne fut pas sans le remarquer, et avec sa perspicacité ordinaire, elle conjectura que quelque regret, quelque pensée importune remplissait l'ame de l'enfant. Aussi, en lui donnant le baiser du soir.

— Françoise, mon amie, lui dit-elle, tu parais chagrine ce soir; as-tu donc quelque motif de tristesse? ne me le cache pas, tu le sais, je suis ta mère, et à une mère on doit tout dire.

Françoise, qui s'irritait d'une parole aigre, qui eût refusé avec une opiniâtre énergie de céder à la force, ne savait pas résister à une marque de bonté; elle pencha la tête sur l'épaule de sa bienfaitrice, et, au milieu de ses larmes, lui avoua que le regret d'une faute commise avait seul voilé son front de nuages,

Sa mère adoptive accueillit avec une touchante indulgence l'expression de son repentir, et ce jour où Françoise avait cédé encore à son mauvais penchant, marqua pour elle un nouveau pas vers le bien.

D'ailleurs, Mme de Servan éveillait dans son cœur des sentiments de piété, et la jeune fille prenait du goût aux exercices religieux, y trouvant pour son ame un aliment nouveau, et une force puissante pour lutter contre les défauts de son caractère. A mesure qu'elle acquérait des qualités aimables, son visage s'embellissait, car une expression de douceur et de franchise remplaçait la contrainte, la dissimulation qui naguère y étaient empreintes.

Françoise ne pouvait, sans une douleur amère, reporter sa pensée vers la pauvre Angéline. Jamais elle n'en parlait, jamais elle n'osait demander de ses nouvelles, et Mme de Servan évitait d'aborder un si pénible sujet.

Un jour, cependant, elle appela la jeune fille auprès d'elle :

— Mon enfant, lui dit-elle, je reçois à l'instant une lettre de Mlle de Solières; veux-tu en prendre connaissance?

A ces mots, une émotion profonde s'empara de Françoise; elle leva sur sa protectrice un regard hésitant, comme pour chercher à lire dans ses yeux si cette lettre devait être pour elle un sujet de joie ou de nouvelles douleurs.

— O madame! s'écria-t-elle, dites-moi d'abord, je vous en conjure, si elle est guérie, si elle est hors de danger; il me semble que c'est l'arrêt qui va décider du sort de ma vie entière.

— Mon enfant, reprit gravement Mme de Servan, Angéline ne mourra pas; mais son accident a eu cependant des suites bien funestes. Ecoute son langage pieux et résigné; je t'aurais épargné la lecture de cette lettre, si je n'avais compté sur la salutaire impression qu'elle fera, je n'en doute pas, sur ton cœur.

Puis, d'une voix altérée par l'émotion, elle commença ainsi :

« Madame,

» Vous avez demandé de mes nouvelles avec tant d'intérêt, que je veux vous faire connaître moi-même mon complet rétablissement. Vous le savez, la fièvre déterminée par la chute que j'ai faite, a mis pendant quelque temps mes jours en danger ; mais, grâce à la bonté de Dieu, les soins dévoués de ma mère ont enfin triomphé du mal. Ma convalescence a été longue et pénible ; il m'a fallu passer de longs jours dans ma chambre, où ma bonne mère rassemblait tout ce qui pouvait me distraire, et éloigner de moi les tristes pensées.

» Je me sens renaître avec les premières brises du printemps, avec les premiers rayons du soleil. Cependant, il me restera toute ma vie un souvenir ineffaçable de cette funeste journée; oui! chère cousine, ma beauté est perdue ; deux cicatrices, dont l'une me traverse le front, et l'autre la joue, me défigurent à jamais ; si vous me voyiez maintenant, vous me trouveriez méconnaissable. Qu'est-ce que cela ? me direz-vous; la beauté n'est-elle pas un bien frivole et éphémère ? Je le sais ; mais, je vous l'avouerai pourtant, le jour où, après avoir enlevé l'appareil posé sur mes blessures, j'ai, pour la première fois, aperçu dans le miroir mon visage défiguré, j'ai senti une bien vive douleur, et je me suis jetée dans les bras de ma mère, en m'écriant : « Ma mère, je suis bien laide ! mais vous, n'est-ce pas, vous m'aimerez toujours? — Si je t'aimerai, a-t-elle répondu, tu m'es plus chère que jamais, malheureuse et innocente enfant, toutes mes pensées ne tendront désormais qu'à embellir ta vie ; » et elle me couvrait de ses affectueux baisers. Pauvre mère ! elle souffrait bien, de ma douleur d'abord, puis elle rêvait pour sa fille des succès dans le monde, et il faut maintenant leur dire adieu.

» Le bon curé du village est venu hier ; il s'est trouvé seul avec moi ; c'est lui qui m'a baptisée, qui m'a fait faire ma première communion, c'est pour moi un père, un ami. « Mon enfant, m'a-t-il dit, voyez dans l'accident qui vous est arrivé le doigt de la Providence ; la beauté rend vaine et orgueilleuse ; il faut une force surhumaine pour résister à l'encens des éloges, pour conserver, au milieu des adulations, une ame naïve et simple. Maintenant que vous êtes en partie privée des agréments extérieurs, vous sentirez plus encore le besoin de cultiver votre esprit, d'orner votre ame de vertus, de vous faire aimer par la bonté de votre cœur, par l'affabilité de vos manières. Croyez-moi, cet accident qui vous afflige aujourd'hui, peut devenir plus tard l'instrument de votre bonheur. »

» J'ai écouté pieusement ses paroles pleines d'onction et d'affectueux intérêt, et je me suis sentie consolée. Il me semble que les quelques mois qui viennent de s'écouler m'ont vieillie de plusieurs années; je sens que ma raison est devenue plus mûre, mon esprit plus sérieux; ah! c'est que pendant les jours de solitude et d'épreuve on a le temps de réfléchir et de méditer; j'avais cru, moi, dans mon inexpérience, que la vie n'a que de beaux jours, et j'ai été cruellement désabusée.

» Je sais, ma bonne cousine, que Françoise a trouvé auprès de vous un asile, et j'en suis heureuse, car je connais ses regrets, son repentir; dites-lui bien que je ne lui en veux pas; elle ne songeait, j'en ai la conviction, qu'à faire une innocente plaisanterie; elle était bien loin d'en prévoir les suites cruelles. Pourquoi aurait-elle voulu me faire du mal? pourquoi ne m'eût-elle pas aimée? nous vivions comme deux sœurs, et moi je l'aimais de tout mon cœur. »

En entendant ces mots, un cri douloureux s'échappa de la poitrine de Françoise.

— Mon Dieu! mon Dieu! murmura-t-elle; qu'elle est loin de soupçonner la bassesse, la noirceur de mon ame! Je souffrirai plus qu'elle; un éternel regret me déchirera le cœur; que dit-elle donc encore?

— Rien de plus; seulement elle me charge de t'embrasser pour elle.

Françoise éclata en sanglots, et Mme de Servan n'essaya pas d'arrêter l'explosion d'une si légitime douleur. Elle comprenait d'ailleurs l'heureuse influence que cette pensée devait exercer sur l'avenir de Françoise, en lui montrant les dangers qu'il y a à s'abandonner sans réserve à ses penchants.

Cependant, les malheurs qui avaient frappé l'enfance de Françoise, la société continuelle d'une femme d'un mérite réel avaient donné à son caractère une maturité précoce, à ses pensées une certaine élévation. Elle aimait beaucoup la lecture; sa protectrice veillait avec un grand soin sur le choix des livres mis à sa disposition; aussi son intelligence prit-elle rapidement un développement qui rendait sa société agréable à madame de Servan.

Tout en ouvrant son ame à des sentiments plus doux, Françoise avait cependant conservé quelque chose de son éloignement, de sa défiance pour le monde. Sa protectrice louait son goût pour la retraite; mais elle s'efforçait aussi de rectifier ses idées à cet égard, et de lui faire acquérir cette précieuse amabilité qui répand tant de charme sur les relations de la vie.

Cependant, quatre années s'étaient écoulées depuis l'entrée de Françoise chez Mme de Servan, et celle-ci se préoccupait déjà de l'avenir de Françoise, de la place qu'elle pourrait lui procurer dans la société, quand un événement imprévu vint changer ses projets, et interrompre le cours de leur douce et paisible existence.

CHAPITRE IV.

Le départ.

Mme de Servan avait un oncle qui habitait l'Amérique, et avec lequel elle n'avait jamais eu que des relations assez rares ; aussi son étonnement fut grand, quand elle en reçut une invitation pressante d'aller vivre chez lui. C'était un frère de sa mère qui avait amassé dans le Nouveau-Monde une fortune assez considérable, et qui avait vu descendre avant lui dans la tombe et sa femme, et son fils unique qui devait recueillir un jour son riche héritage.

Il se trouvait ainsi isolé dans sa vieillesse, et aspirait à se créer autour de lui des relations agréables. Se rendre à son appel, c'était donc avoir la perspective de posséder un jour ses nombreux domaines. L'excellente femme n'ambitionnait pas pour elle-même la richesse; ses goûts étaient simples, et la modeste aisance dont elle jouissait suffisait à ses désirs; mais une grande fortune placée dans des mains généreuses peut être la source de tant d'œuvres bonnes et utiles, que cette considération l'emporta sur toutes les autres, et que Mme de Servan ne balança plus à entreprendre ce long et périlleux voyage.

Ce fut donc de sa part un acte de dévouement, d'abnégation que d'aller chercher ces richesses qu'on lui offrait au delà des mers.

Françoise était devenue une jeune fille sincèrement bonne, instruite et modeste; chaque jour sa protectrice bénissait la Providence de lui avoir inspiré l'heureuse pensée de l'adopter pour sa fille. De son côté, elle avait voué un attachement profond à la femme généreuse qui avait orné son intelligence, réchauffé son cœur glacé, et réveillé dans son ame de nobles élans. Aussi quand Mme de Servan lui fit part du changement qui allait s'opérer dans son existence, la jeune fille se jeta dans ses bras en s'écriant :

— Vous m'emmènerez, n'est-ce pas; vous avez été une mère pour moi; je vous suivrai partout où vous porterez vos pas. Vous perdre, ce serait retomber dans l'isolement qui a accablé mon enfance, la vie sans vous me semblerait morne et désolée.

Le désir exprimé par Françoise était le vœu le plus vif de madame de Servan ; il lui en coûtait de quitter la France, mais il lui en eût coûté bien plus encore s'il lui avait fallu y laisser sa fille d'adoption. Toutes deux firent donc à la hâte leurs préparatifs de départ ; puis, quelques mois plus tard, allèrent s'embarquer au Havre sur un vaisseau qui faisait voile vers l'Amérique.

La vue de la mer avec son immensité et ses vagues écumantes éveille toujours dans l'ame une profonde émotion ; mais quelle force ne doit pas atteindre ce sentiment, quand à la vue de ce spectacle sublime, s'ajoute la pensée que cet océan va nous séparer pour longtemps, pour toujours peut-être du pays qui nous a vus naître, des lieux qui jusque là ont frappé nos regards et des êtres que nous avons aimés. C'est alors qu'on sent combien sont puissants les liens qui attachent l'homme à sa patrie.

Ah ! c'est que la patrie renferme tous les

riants souvenirs de son enfance, c'est là que son ame s'est ouverte aux premières impressions de la joie et de la douleur, c'est la patrie qui a inspiré la première à son cœur un amour profond, noble et désintéressé que les anciens regardaient comme une des vertus les plus sacrées, qui a fait des héros, et enfanté des prodiges.

Mme de Servan et sa jeune protégée, debout sur le pont, regardaient disparaître dans l'éloignement les côtes de France; toutes deux avaient des larmes dans les yeux; mais tandis qu'une douleur amère et profonde étreignait le cœur de Mme de Servan, la joie devait, après les premiers moments de la séparation, ranimer l'ame de Françoise.

C'est que l'une était déjà avancée dans la vie, c'est que le passé, avec ses souvenirs, formait la meilleure partie de son existence, tandis qu'à l'autre souriait cette ravissante déesse qu'on nomme l'espérance, et qui parfume les jours de la jeunesse. Son enfance avait laissé dans son esprit de sombres nuages; il lui semblait que s'éloigner de la France, c'était les effacer, pour ainsi dire, et sa pensée, sur les ailes de l'imagination, s'élançait vers les contrées nouvelles où elle allait vivre désormais, et où elle rêvait un avenir de douce félicité.

D'ailleurs, pour une jeune fille impressionnable comme l'était Françoise, il y avait, dans un voyage sur l'océan, de quoi absorber toutes les facultés de son esprit. Souvent elle demeurait assise sur le pont, plongée dans une muette contemplation. Elle ne pouvait se lasser d'admirer le spectacle majestueux qui s'offait à ses regards. Profondément pieuse, elle sentait d'une manière plus frappante la puissance de Dieu, en voyant autour d'elle une immense étendue d'eau, en se trouvant ainsi suspendue, pour ainsi dire, entre le ciel et les vagues de l'Océan.

Elles n'eurent point à subir les craintes, les angoisses d'une tempête; un temps calme et serein favorisa constamment leur navigation. Dans le bâtiment sur lequel Mme de Servan et Françoise s'étaient embarquées, se trouvaient plusieurs familles françaises, que différentes circonstances appelaient en Amérique. Les deux dames trouvèrent dans quelques-unes d'entre elles une société agréable qui leur rappelait la patrie absente. Toutes deux avaient d'ailleurs souvent recours au travail, à la lecture ; aussi la traversée leur parut-elle s'effectuer assez rapidement.

Elles arrivèrent enfin sur le sol de l'Amérique et débarquèrent à New-York ; là se présenta à elles un tableau qui excita bien vivement leur curiosité, leur intérêt. Nulle de nos villes d'Europe ne peut offrir une idée exacte de cette grande et industrieuse cité. Ce qui lui donne surtout un aspect étrange, animé, c'est la prodigieuse activité de son commerce, c'est un mélange bizarre d'hommes de toutes les races, de toutes les nations, accourus là des différents points du globe.

M. Berton, l'intendant de M. Termonde, les attendait à New-York ; il était chargé par son maître de les conduire à son habitation. Il restait encore aux deux dames un assez long voyage à faire, car, l'oncle de Mme de Servan était possesseur d'une importante plantation située dans la Lousiane, sur le bord du Misisipi, au milieu de cette belle et féconde nature que la plume de Chateaubriand a décrite avec tant de magnificence.

Il était venu s'établir là tout jeune encore ; il avait travaillé avec courage, avec énergie, et la fortune avait couronné ses efforts. Mais, dans les dernières années de sa vie, il se trouvait isolé, entouré de soins mercenaires ; aussi, malgré ses richesses, était-il souvent aux prises avec la lassitude et l'ennui. La présence d'une femme aimante, au cœur dévoué, à l'esprit cultivé, celle d'une jeune fille douce, aimable, enjouée devaient opérer dans son intérieur une transformation rapide. Aussi quelques mois s'étaient à peine écoulés depuis leur arrivée à l'habitation que le bon vieillard se félicitait chaque jour d'avoir eu l'heureuse pensée d'appeler auprès de lui Mme de Servan et sa fille adoptive.

La bonté naturelle de Françoise, en même temps que sa reconnaissance envers sa bienfaitrice, la portait à être remplie de prévenances, d'attention pour M. Termonde. Tantôt elle lui faisait la lecture de quelque ouvrage intéressant auquel la pureté, la douceur de sa voix, donnait un charme nouveau, tantôt elle se promenait avec lui dans les environs de l'habitation, l'égayant par les exclamations naïves qui lui échappaient à la vue de la splendide nature qui s'offrait à ses regards.

Pendant ce temps, Mme de Servan accomplissait une mission qu'elle s'était imposée dès le jour de son arrivée à l'habitation. Elle s'était faite l'ange consolateur de cette malheureuse population nègre condamnée à un travail sans trêve, comme sans espoir. Ce n'est pas que les esclaves de M. Termonde fussent traités avec cruauté, mais ce qu'elle voulait surtout, c'était les arracher aux ténèbres de l'idolâtrie, et les inviter aux douces et consolantes vérités du christianisme.

Ses intentions si pures devaient être calomniées, et des nuages allaient bientôt troubler l'union qui existait entre elle et son oncle.

Avant l'arrivée de Mme de Servan et de Françoise, M. Berton possédait toute la confiance de son maître dont il flattait les idées, les penchants ; aussi se berçait-il de l'espoir d'avoir une large part dans l'héritage de M. Termonde. Témoin de l'affection que celui-ci portait aux deux dames françaises, il y vit la ruine de ses espérances, et il ne chercha plus qu'à créer entre eux des motifs de mésintelligence.

M. Termonde était un homme bon et confiant dans le commerce ordinaire de la vie, mais intraitable sur toutes les questions qui se rattachaient à sa fortune, et en particulier sur celle de l'esclavage ; il en était le zélé partisan, et sur ce point il n'admettait aucune contradiction.

M. Berton le savait ; aussi dans ses conversations avec lui, il sut lui insinuer adroitement que sa parente avait apporté de France les idées nouvelles sur l'émancipation des esclaves ; il lui persuada que les pieux entretiens qu'elle avait avec eux n'avaient d'autre résultat que de les aigrir, de déposer en eux des germes de révolte, de rébellion.

— Il m'en coûte, disait-il avec une douceur hypocrite, il m'en coûte de vous ouvrir les yeux ; mais c'est un devoir pour moi de vous éclairer à cet égard ; il peut en résulter de graves inconvénients, et je remarque déjà parmi vos esclaves un dangereux esprit d'indépendance, d'insubordination.

M. Termonde était d'autant plus disposé à prêter l'oreille à ses insinuations, que déjà Mme de Servan avait exprimé devant lui, avec assez de franchise, ses idées sur l'esclavage. Il se promit donc de réfléchir à la conduite qu'il devait tenir à l'égard de sa parente, et, en attendant, de lui témoigner une grande froideur. Mme de Servan respecta la réserve dans laquelle il se renfermait, sans chercher à en pénétrer la cause; mais il s'en lassa bientôt lui-même, et il résolut d'avoir avec elle une explication franche et décisive.

Un jour qu'ils se trouvaient seuls ensemble :

— Ma nièce, lui dit-il, j'ai à aborder aujourd'hui avec vous une question assez délicate.

— Et laquelle? fit Mme de Servan, étonnée de ce préambule.

— Ne remarquez-vous pas que j'ai depuis quelque temps des sujets de grave préoccupation?

— En effet, je l'ai vu avec peine; mais j'ai respecté votre secret; j'aurais craint de commettre une indiscrétion en vous interrogeant là-dessus.

— Eh bien! j'éprouve aujourd'hui le besoin de vous parler à cœur ouvert. Jusqu'à présent j'ai béni votre présence ici; mais il est un point sur lequel nos idées diffèrent complètement, et j'aimerais à vous voir conserver les vôtres, sans chercher à les faire partager à ceux qui vous entourent.

— Que voulez-vous dire? je ne vous comprends pas.

— Pourquoi parler à mes esclaves de liberté, d'affranchissement, de révolte contre la servitude?

— Est-il possible! s'écria Mme de Servan. Comment a-t-on pu calomnier à ce point mes intentions! ah! combien vous méconnaissez l'esprit de cette belle religion, dont je m'efforce de leur donner les premières notions! Elle n'enseigne que l'obéissance, la résignation, le pardon des injures, elle apprend à l'esclave à baiser ses chaînes, à mettre dans le ciel son espérance. Pour mieux vous en convaincre, faites venir un de vos nègres, interrogez-le, et vous verrez si la doctrine que je leur enseigne tend à leur inspirer des idées de révolte contre leurs maîtres. Comment avez-vous pu admettre une telle pensée? ce serait leur rendre un bien funeste service; ce serait de ma part une cruelle ingratitude à votre égard.

M. Termonde était ému des chaleureuses paroles de sa nièce; il donna l'ordre de faire venir un jeune nègre nommé Julien, qui passait pour le plus intelligent, le plus honnête de la plantation.

Pendant leur entrevue Mme de Servan se retira dans une salle voisine, pour ne pas influencer par sa présence les réponses de l'esclave.

— Mon ami, dit M. Termonde à Julien, réponds-moi avec sincérité, et tu ne seras ni grondé ni puni ; je te promets même de récompenser ta franchise, et, tu le sais, je ne manque jamais à mes promesses. Que vous apprend Mme de Servan dans ses entretiens avec vous ?

— A dire la vérité, à prier Dieu.

— Que vous dit-elle encore ?

— Qu'il faut bien travailler pour son maître, lui obéir, se rendre service les uns aux autres, souffrir avec patience, et qu'il y aura plus tard une belle récompense.

— Est-ce bien là tout ?

— Oui, maître, reprit l'esclave avec vivacité, et si je le voulais, pourtant, j'aurais de l'or pour dire autre chose.

— Explique-toi ? que veux-tu dire ?

— Au moment où je venais vous trouver, M. Berton m'a appelé ; il savait que je me rendais auprès de vous, et il m'a dit : « Tu auras assez d'or pour acheter ta liberté, si tu veux assurer à M. Termonde que sa nièce vous excite à la haine et à la révolte. Surtout, ne me trahis pas, car tu aurais à redouter ma vengeance. » Je suis sorti sans rien dire, mais bien décidé à ne pas mentir, et à ne pas parler contre la bonne blanche qui nous console, et qui nous assiste dans nos maladies.

Ces paroles naïves prononcées avec l'accent de la vérité firent une vive impression sur l'esprit de M. Termonde; la perfidie de son intendant lui apparaissait d'une manière évidente.

— C'est bien, Julien, reprit-il, retire-toi, tu as bien agi ; dans quelques jours, tu seras libre.

Il courut alors vers Mme de Servan, et lui prenant les mains avec effusion.

— Pardon, lui dit-il, de mes injustes soupçons! pardon d'avoir pu vous accuser un instant, je suis indigné contre M. Berton ; je ne veux plus être la dupe de sa lâche hypocrisie ; c'en est fait, il va pour toujours quitter cette maison.

Mme de Servan n'essaya point d'apaiser le courroux de son oncle, ni d'obtenir la grâce du coupable ; car elle avait depuis longtemps reconnu en lui, sous les dehors d'une obséquieuse politesse, un caractère fourbe et déloyal qui ne pouvait que rendre funeste son séjour à la plantation.

Ainsi cette machination tramée pour enlever à Mme de Servan l'affection de son oncle, ne fit qu'augmenter son estime pour elle, et dès lors aucun orage domestique ne vint troubler la paix qui régnait entre eux. Si parfois à la pensée de la France et des amis absents un soupir oppressait l'ame de Mme de Servan, elle le refoulait bien vite au plus profond de son cœur.

Cependant M. Termonde entretenait des relations avec quelques familles du voisinage, et entre autres avec une famille française dont le chef, M. Belfond, était depuis longtemps déjà établi en Amérique. Il était père de trois fils; Maurice, l'aîné, après avoir fait dans une grande ville d'excellentes études, était revenu le seconder dans ses travaux. Admis dans l'intimité de M. Termonde, il trouvait un plaisir extrême dans la société de Mme de Servan et de sa fille d'adoption.

Sans être régulièrement jolie, Françoise avait une physionomie pleine d'expression ; elle avait peu à peu perdu la sauvage timidité de son enfance, sa taille était devenue souple et élancée;

un vif incarnat avait remplacé la pâleur de ses jours. Mais ce que Maurice Belfond appréciait surtout en elle, c'était l'élévation de son esprit, la sensibilité de son cœur. Il vint donc demander à Mme de Servan la main de sa jeune protégée.

La généreuse femme ne pouvait désirer pour Françoise un parti plus avantageux. M. Belfond était dans une assez belle situation de fortune, et il jouissait dans le pays de l'estime générale.

M. Termonde voulut la doter lui-même, et bientôt s'accomplit l'union qui assurait à la jeune Françoise une position honorable dans la société, et qui semblait la fixer à jamais sur le sol de l'Amérique.

Les qualités de son époux inspiraient à Françoise un réel attachement pour lui ; elle jouissait d'une aisance qu'elle n'eût jamais osé espérer, et l'avenir semblait n'avoir pour elle que des promesses de bonheur. Elle eût donc dû se trouver complétement heureuse, et pourtant, quand rien ne venait la distraire, et qu'elle se trouvait seule avec ses pensées, un sentiment douloureux se glissait parfois dans son cœur, c'est que son esprit se reportait alors vers les jours de son enfance, et plus son ame s'était élevée, ennoblie, plus était amer et déchirant le souvenir de son ingratitude envers Angéline.

Elle savait par la correspondance que Mme de Servan entretenait avec ses amis de France que l'accident dont Mlle de Solières avait été la victime, avait exercé sur elle une funeste influence.

Elle autrefois si gaie, si enjouée, on la représentait comme une jeune fille rêveuse, mélancolique, fuyant le monde et ses plaisirs.

Un an environ après son mariage, Mme Belfond apprit qu'Angéline venait d'unir sa destinée à celle d'un jeune peintre qui n'avait d'autre fortune que son talent et ses pinceaux.

Ce mariage étonna vivement Mme de Servan et sa fille adoptive; l'unique héritière de Mme de Solières ne pouvait-elle pas prétendre aux partis les plus brillants ? Françoise apprit cette nouvelle avec peine; un secret pressentiment lui disait que la catastrophe du château de Bernes avait sans doute décidé de l'avenir de la jeune fille.

CHAPITRE V.

Le mariage d'Angéline.

Nous avons montré Angéline dans les jours de son enfance parée de tous les dons de la beauté, de l'intelligence, et voyant la vie lui apparaître sous les plus ravissants aspects.

Quand elle eut échappé au terrible accident qui avait failli briser sa vie, elle était pour ainsi dire transformée ; ses pensées avaient pris une teinte plus grave, plus réfléchie, elle s'abandonnait avec moins de confiance aux illusions de son âge.

Mme de Solières essayait vainement de lutter contre cette tendance de son esprit ; elle s'en attristait, et, sans s'avouer à elle-même sa cruelle imprévoyance, elle maudissait le nom de Françoise.

Chose étrange ! Angéline, si pieuse et si modeste, ne pouvait pourtant se résigner complètement à la perte de sa beauté ; elle s'exagérait le changement survenu dans son visage.

Quand elle eut atteint sa seizième année, Mme de Solières la conduisit dans les réunions de la ville, au milieu des cercles les plus brillants. La jeune fille s'abandonna d'abord au plaisir avec assez de gaieté, d'enjouement ; mais les deux cicatrices qui la défiguraient formaient avec son jeune et frais visage un contraste si frappant, que quand elle se trouvait en présence d'étrangers, il leur arrivait parfois de laisser échapper un imperceptible mouvement d'étonnement qu'elle remarquait bien vite, et qu'elle prenait pour de la répulsion.

— Oui, oui, se disait-elle, on détourne de moi les regards, on me trouve laide, bien laide ; et toutes les protestations de sa mère venaient échouer contre cette conviction ; elle ne paraissait donc qu'à regret dans le monde, et rapportait à sa fortune tous les hommages qu'on lui rendait sans jamais croire à leur sincérité.

Elle s'était persuadée qu'elle ne pouvait plus être aimée pour elle-même ; plusieurs propriétaires influents du pays recherchèrent sa main, et comme sa mère la suppliait d'accéder à la demande de l'un d'eux :

— Non, non, répondit-elle, je ne puis m'y décider ; car, je le comprends, il ne m'est plus possible d'inspirer une affection véritable ; ce qu'ils ambitionnent, ce sont les domaines qui doivent m'appartenir, et moi, habituée à être comblée chaque jour des marques de votre tendresse, je mourrais s'il me fallait vivre à côté d'un indifférent.

Mme de Solières avait beau épuiser toutes les raisons que lui suggérait son amour maternel, Angéline persistait dans ses refus. Mais la pauvre mère, qui connaissait les qualités aimables de sa fille, ne pouvait se figurer qu'il ne se trouverait pas quelqu'un capable de l'apprécier et de faire son bonheur.

Mme de Solières imagina un moyen de vaincre sa répugnance ; elle lui proposa d'aller passer un hiver à Paris.

— Là, lui dit-elle, nous vivrons simplement, nous ne nous entourerons point des dehors de l'opulence ; nul ne pourra deviner notre situation de fortune. Nous fréquenterons le salon de Mme Darbois, une de mes amies, qui a assez souvent des réunions nombreuses, et qui ne trahira pas notre secret. S'il vient alors à toi un homme loyal et généreux, qui t'offre de devenir son épouse, sans s'inquiéter si tu as de l'or à partager avec lui, le refuseras-tu encore?

— Non, ma mère, celui-là je le bénirais, et j'aurais pour lui une éternelle reconnaissance.

Mme de Solières réalisa son projet, et vint avec sa fille s'installer à Paris; comme elles se l'étaient promis, elles se renfermèrent dans une extrême simplicité. Se rendait-elle aux réunions de Mme Darbois, Angéline n'avait dans les cheveux qu'une modeste guirlande de fleurs, et sa robe blanche n'avait d'autre ornement que sa fraîcheur. Point de dentelles, de bijoux précieux, rien de ce qui révèle l'opulence.

On jeta d'abord un regard de curiosité sur les nouvelles venues; mais comme, dans le monde, chacun cherche à briller, à paraître, on jugea bien vite leur condition sociale d'après les apparences, et l'on fut bien loin de deviner une riche héritière dans cette jeune fille si modestement vêtue. Aussi se trouvait-elle souvent dans un isolement qui justifiait ses préventions à l'égard de la société.

Cependant un jeune peintre, Léon Raynold,

qui fréquentait souvent le salon de Mme Darbois, admira ses grâces modestes, la distinction de ses manières, l'expression touchante de son regard ; il se rapprocha de la jeune fille, et reconnut bientôt en elle une nature d'élite, une ame impressionnable, capable de sentir vivement tout ce qui est noble et grand.

Il ignorait quelle était sa situation de fortune, et il ne balança cependant point à venir demander à Mme de Solières la main d'Angéline.

Celle-ci, pour prolonger l'épreuve jusqu'au bout, lui déclara, d'abord, que sa fille ne possédait rien.

Il répondit noblement que la plus tendre affection inspirait seule sa démarche, et qu'il saurait redoubler de zèle et de travail, pour lui assurer dans la société une position convenable.

Des sentiments si délicats devaient gagner le cœur d'Angéline, et la toucher profondément ; aussi à cet instant combien elle bénit le ciel de lui avoir donné des richesses qui lui permettaient d'offrir au jeune artiste l'indépendance, et les jouissances de la fortune.

Mme de Solières aurait assurément désiré pour sa fille une alliance plus avantageuse ;

mais en voyant les liens d'affection qui unissaient Angéline à son époux, elle jouissait de leur bonheur, et elle espérait pour son enfant chérie un avenir fortuné qu'aucun nuage ne devait troubler.

De nouvelles épreuves étaient cependant réservées encore à l'aimable Angéline, mais les premiers temps de son mariage s'écoulèrent au sein d'une douce et calme félicité.

Léon Raynold appréciait chaque jour davantage les qualités de sa jeune compagne; tous deux étaient sensibles, vertueux, et leurs ames généreuses s'unissaient dans un même élan d'enthousiasme pour tout ce qui élève et ennoblit l'esprit.

L'artiste avait depuis longtemps formé le projet d'aller à Rome étudier les chefs-d'œuvre des maîtres de l'art; il ne lui fut pas difficile de faire partager ce désir à Angéline. Il en eût coûté beaucoup à la jeune femme de se séparer de sa mère; mais Mme de Solières consentit à les accompagner, et peu de jours après leur union ils quittèrent la France pour aller visiter cette ville remarquable, dont l'aspect devait éveiller en eux mille sensations délicieuses et leur inspirer tant de belles et nobles pensées.

En effet, il n'est pas de cité qui ait joué dans le monde un rôle aussi important, il n'en est pas qui rappelle aussi vivement à l'esprit le souvenir des grands événements de l'histoire.

Maîtresse absolue du monde, elle a vu sur sa place publique se décider la destinée des rois et des empires, elle a vu des princes vaincus servir à l'ornement du triomphe de ses généraux.

Quand son colossal empire fut tombé sous les coups des barbares, elle n'abandonna le sceptre de reine du monde que pour revêtir une dignité plus éclatante encore, pour devenir la mère de l'Eglise, l'asile vénéré du pontife suprême auquel obéissent toutes les nations catholiques de l'univers.

Aussi porte-t-elle sur ses édifices la trace de ses différentes destinées, et les vestiges du paganisme s'élèvent partout à côté des monuments consacrés à la religion.

Rome est peut-être la seule ville du monde qui, dans son enceinte, offre les points de vue les plus pittoresques et les plus variés ; mais ce qui la distingue surtout des autres cités de l'Europe, c'est que l'on n'y admire pas seulement la beauté matérielle de ses édifices. Ses palais, ses places publiques, tout agit sur l'imagination, tout révèle comme un écho lointain des siècles passés.

Ainsi que les souvenirs de gloire retrace à la pensée de Forum, où retentirent tant de harangues éloquentes, le Capitole, où tant d'illustres généraux reçurent le prix de leurs exploits !

Comme si tous les genres de gloire devaient lui être réservés, elle renferme dans son sein des chefs-d'œuvre de sculpture, de peinture et d'architecture qui feront à jamais l'admiration des artistes de toutes les nations.

Léon et Angéline étaient dans une situation d'esprit bien propre à jouir de toutes les impressions que devait faire naître en eux le séjour de Rome. Le jeune peintre voulait d'ailleurs étudier dans tous leurs détails les tableaux des grands maîtres ; ils résolurent donc de s'y installer, de manière à y passer au moins une année.

Parmi toutes les merveilles qui frappaient leurs regards, ce qui excita le plus vivement leur admiration, ce fut l'église de Saint-Pierre, ce temple sans rival, le plus beau monument que le génie ait jamais élevé à la religion. Tous deux se sentirent pénétrés d'une sorte de respect à la vue de cet édifice grandiose ; ils sentaient plus vivement encore la puissance de la religion qui a pu inspirer de pareils chefs-d'œuvre.

Le Panthéon captiva vivement aussi leur attention ; cet antique édifice, d'abord destiné à transmettre à la postérité le souvenir des grands hommes, fut dédié par Agrippa à tous les dieux de l'Olympe ; mais, lorsque la foi chrétienne eut dissipé les ténèbres de l'idolâtrie, le pape Boniface III le consacra à tous les saints et à la sainte Vierge, leur reine.

Les monuments de Rome n'avaient pas pour Mme de Solières le même intérêt que pour les jeunes époux. Ce qu'elle admirait surtout, c'était la magnificence de ses palais, la beauté de ses jardins.

Elle trouva d'abord un grand charme dans cette succession de choses nouvelles qui passaient sans cesse devant ses regards ; mais après quelques mois de séjour en Italie, il lui tardait déjà de revoir la France. Aussi quand l'année fut expirée, elle pressa vivement Léon et Angéline d'abandonner Rome ; ils se rendirent non sans regret à ses désirs. Leur voyage en Italie devait leur laisser dans le cœur de longs et doux souvenirs.

Les occupations du jeune artiste lui faisaient préférer le séjour de Paris ; ils y fixèrent leur demeure, et c'est là que nous verrons Mme de Servan les retrouver plus tard.

CHAPITRE VI.

Le retour dans la patrie.

Mme de Servan, tout en s'acclimatant dans le Nouveau-Monde, n'avait point banni de son cœur le souvenir de la France ; à mesure que les années s'écoulaient, le désir de revoir sa patrie s'emparait d'elle avec plus d'ardeur. Pourtant elle n'eût voulu pour rien au monde abandonner son oncle, à qui ses soins étaient devenus nécessaires, et qui d'ailleurs avait acquis des droits à sa reconnaissance.

Quelques années après le mariage de Françoise, M. Termonde mourut, laissant sa fortune à Mme de Servan, à l'exception d'un legs assez considérable qu'il avait destiné à Françoise. Toutes deux donnèrent des larmes sincères à la mémoire du bon vieillard qui leur avait témoigné une affection si tendre, et dont la société était devenue pour elle une douce habitude.

Dès qu'aucun lien ne la retint plus dans le Nouveau-Monde, Mme de Servan ne put résister au désir qui l'entraînait vers la France.

Il lui en coûtait certainement de se séparer de sa fille d'adoption ; mais elle emportait du moins la consolante pensée qu'elle la laissait dans une situation heureuse et prospère.

Avant de s'éloigner, Mme de Servan confia à M. Belfond la mission de terminer ses affaires, et d'opérer la vente de ses propriétés ; elle ne quitta point la plantation sans accomplir plusieurs actes de libéralité qui prouvaient que ses nouvelles richesses n'avaient altéré en rien la bonté de son cœur : aussi les vœux les plus touchants l'accompagnèrent-ils à son départ.

En voyant s'éloigner sa protectrice, Mme Belfond reportait aussi sa pensée vers la France ; mais elle était mère d'un joli petit garçon de quatre ans à peine, et d'impérieux devoirs la retenaient auprès de son époux et de son enfant. Mme de Servan devait s'embarquer à New-York, et Françoise voulut l'accompagner jusque-là. Le moment de la séparation fut pour toutes deux cruel et déchirant ; il semblait à Mme Belfond que quelque chose se brisait dans son cœur, en voyant s'éloigner la femme généreuse qui avait été constamment pour elle un guide, un appui, qui l'avait consolée dans ses chagrins, soutenue dans ses moments de découragement.

De son côté, Mme de Servan éprouvait en quittant Françoise, une impression bien pénible, et au moment de s'éloigner de l'Amérique, elle sentait combien étaient puissants déjà les liens d'affections qui l'attachaient à cette contrée.

Quand l'ame humaine est en proie à la douleur, elle cherche un adoucissement dans l'espérance ; aussi pour sécher les larmes de sa fille d'adoption, pour calmer sa propre émotion, Mme de Servan évoqua l'idée d'une réunion plus ou moins prochaine, elle promit de revenir encore aux Etats-Unis, et elles se donnèrent le baiser d'adieu, avec la consolante pensée que leur séparation ne serait point éternelle. Hélas! cet espoir ne devait pas se réaliser, et c'est pour la dernière fois que Mme de Servan allait traverser l'Océan.

Quand Françoise se retrouva dans son habitation, elle éprouva autour d'elle un vide immense. Elle ne pouvait s'accoutumer à l'idée de ne plus voir apparaître le doux et amical visage de la bienfaitrice de son enfance. Elle éprouvait aussi une vive inquiétude, en songeant aux dangers que Mme de Servan allait courir pendant son long et pénible voyage. Ce fut donc avec bonheur qu'elle en reçut une lettre qui lui annonçait son heureuse arrivée sur le sol de France.

Elle la lut avec un intérêt d'autant plus vif, qu'elle lui donnait de grands détails sur la traversée et surtout sur une visite qu'elle avait faite à M. et à Mme Raynold.

« Une de mes premières actions, lui disait-elle, a été de m'informer de leur demeure. J'ai appris qu'ils habitent un appartement situé sur le boulevard de la Madeleine, et je me suis empressée de me rendre à leur adresse. Je suis montée jusqu'au troisième étage, et là une jeune servante est venue m'ouvrir, et m'a introduite dans un joli salon où je suis restée seule quelques instants ; j'ai pu alors examiner à loisir ce qui m'entourait.

» On y reconnaît bien vite la demeure d'un

artiste, car il y règne non ce luxe qui atteste l'opulence, mais un luxe de bon goût qui parle à l'esprit plutôt qu'aux sens. On ne voit partout que tableaux de grands maîtres, bagatelles curieuses, rares objets d'antiquité. L'ameublement n'est pas d'un grand prix, mais il est frais et gracieux ; tout révèle sinon la richesse, du moins l'aisance et le bien-être.

» Cependant le cœur me battait à la pensée de revoir Angéline ; un pas léger m'annonça bientôt son approche, et je vis paraître une femme grande et mince, au visage pâle et réfléchi. C'est la joyeuse, la charmante enfant d'autrefois, que les années ont ainsi transformée.

» Elle m'a d'abord considérée d'un air surpris, puis un souvenir a sans doute traversé son esprit, car son visage s'est éclairé d'un rayon de joie, et elle s'est avancée vers moi avec une affectueuse cordialité, en s'écriant : « Mme de Servan ma bonne cousine ! vous ici ! quel bonheur ! J'ai bien souvent parlé de vous à mon mari ; je vais vous le présenter ; lui aussi sera heureux de vous voir. »

» Elle a disparu alors, puis elle est entrée bientôt avec un homme jeune encore, à la physionomie pleine de noblesse et d'intelligence : c'était Léon Raynold.

» Elle tenait par la main deux charmants enfants, un petit garçon de trois ans, une petite fille de cinq : « Voilà, m'a-t-elle dit, avec une expression touchante, voilà notre joie, nos trésors. Ma fille s'appelle Marie ; j'ai voulu qu'elle porte le nom de la Vierge ! quant à mon fils, c'est mon mari qui a choisi son nom, et il lui a donné celui d'un des grands peintres de l'Italie, Raphaël.

» — Raphaël ! me suis-je écriée, ah ! ce blond chérubin me fait plutôt songer à l'ange dont il me retrace l'image.

» Et en effet, ma chère Françoise, rien de plus joli que la figure de cet enfant ; quant à la petite Marie, elle me rappelle Angéline dans les plus beaux jours de son enfance : c'est la même délicatesse dans les traits, la même grâce, la même douceur dans le sourire.

« Tout en caressant Marie et Raphaël, j'échangeai quelques mots avec M. Raynold, et à son langage comme à l'expression de sa physionomie, il me parut vraiment digne de l'affection qu'il a inspirée à Angéline.

» Je reposais avec plaisir ma pensée sur cette intéressante famille. Tout me disait que Mme Raynold aurait pu prétendre, il est vrai, à de plus brillantes destinées, mais qu'elle jouissait du moins, au sein de la médiocrité, d'une douce et calme félicité. Cependant je n'avais point encore parlé de Mme de Solières ; quand je demandai de ses nouvelles, un nuage passa sur le front d'Angéline. Je compris alors que là sans dout était l'ombre qui voilait ce riant tableau de bonheur domestique. « Ma mère, reprit Mme Raynold, habite auprès de nous ; sa santé n'est pas très-satisfaisante ; aussi, n'oserais-je vous proposer de vous conduire vers elle ; il serait plus prudent de la préparer à cette visite. Votre vue lui rappelle un événement dans lequel vous avez joué, madame, un bien beau rôle, mais c'est un souvenir amer pour elle. J'en suis depuis longtemps consolée, et elle n'a pu l'oublier. Et Françoise, madame, que devient-elle ? je m'intéresse toujours vivement à son sort.

» Je lui racontai alors la transformation qui s'est accomplie en toi ; puis je lui peignis les regrets cruels que t'a laissés ta conduite envers elle. Ah ! lui ai-je dit, cette pensée a troublé toutes ses joies ; si Mme de Solières l'avait vue, comme moi, prier pour vous et demander à Dieu de lui envoyer tous les malheurs qu'il vous destine, ah ! elle lui eût sûrement pardonné.

» Angéline était vivement émue. « Pauvre Françoise ! s'est-elle écriée, assurez-lui que le souvenir de cet accident est effacé de mon esprit; que j'ai toujours pour elle une vive affection, et que si elle revoit un jour la France, je serai heureuse de la presser dans mes bras. »

Pendant que Mme Raynold parlait ainsi, son époux attachait sur elle un regard empreint d'un légitime orgueil ; il est fier, on le voit, de l'épouse qu'il s'est choisie, il admire la générosité de son caractère.

» Cependant, plus tard, nous avons parlé encore de Mme de Solières, et le jeune artiste a laissé échapper quelques paroles amères qui m'ont prouvé qu'entre elle et son gendre existe une triste mésintelligence.

» Les jours suivants j'ai pris quelques informations sur la situation de cette famille, et voilà ce que j'ai appris. Mme de Solières a éprouvé des pertes qui ont considérablement diminué sa fortune, et M. et Mme Raynold se trouvent aussi réduits à une bien modeste aisance.

» Léon Raynold eût accepté la pauvreté avec résignation, il eût alors travaillé avec courage ; mais une fois possesseur de la dot d'Angéline, il s'est cru maître de richesses inépuisables. N'écoutant alors que l'entraînement d'une imagination un peu exaltée, il a satisfait de coûteuses fantaisies; son voyage de Rome, par exemple, lui a coûté des sommes considérables ; il s'est, en outre, livré, à ce qu'il paraît, à des actes de générosité qui l'honorent sans doute, mais pour lesquels il aurait dû réfléchir davantage ; il a ouvert sa bourse à plus d'un artiste dans l'embarras.

» Angéline est trop délicate, trop désintéressée pour s'être jamais opposée aux désirs de son époux, et elle subit, avec une résignation parfaite, la diminution qui s'est opérée dans sa fortune, mais Mme de Solières, qui attache à la richesse une si haute importance, ne peut pardonner ce qu'elle appelle les folies de son gendre ; son esprit s'est aigri et des dissentiments profonds ont éclaté entre elle et Léon Raynold. Tu vois qu'Angéline se trouve placée dans une situation assez difficile, et qu'il lui faut beaucoup de tact et de prudence pour concilier ses devoirs de fille avec ses devoirs d'épouse. Je te parlerai d'elle bien des fois encore ; je me propose de visiter souvent cette intéressante famille ; je serai heureuse si mes conseils et mon expérience peuvent lui être parfois utiles. »

Mme de Servan terminait cette longue lettre en renouvelant à Françoise l'expression de l'attachement qu'elle lui portait, en l'engageant à chercher dans une correspondance suivie, un dédommagement aux ennuis de la séparation.

CHAPITRE VII.

Le triomphe de la vertu.

Cependant Mme de Servan menait à Paris une existence calme et paisible, et bornait ses relations à un petit cercle d'amis intimes. Elle fut donc assez étonnée de voir paraître un jour une dame richement vêtue qui s'avança vers elle avec beaucoup d'empressement, en l'appelant sa tante, sa chère tante.

Mme de Servan la regarda d'abord d'un air surpris, mais en interrogeant ses souvenirs, elle finit par reconnaître dans l'élégante visiteuse une nièce de son mari qui habitait Paris, mais avec laquelle elle n'avait jamais eu que des entrevues assez rares.

Mme Delbourg (ainsi se nommait cette dame) lui parla avec beaucoup de chaleur des regrets qu'elle avait donnés à la mémoire de son oncle, et enfin du désir que ses enfants et elle éprouvaient de nouer avec leur parente d'affectueuses relations.

Mme de Servan répondit à ces avances avec son amabilité ordinaire, et donna à Mme Delbourg l'assurance que rien ne pouvait lui être plus agréable que de faire la connaissance d'une famille, à laquelle l'unissaient des liens de parenté si étroits.

Comme elle l'avait promis, Mme de Servan fit à Mme Delbourg plusieurs visites successives ; mais malgré son indulgence habituelle, elle éprouva bientôt plus d'éloignement que de sympathie pour cette famille, car on n'y trouvait aucune de ces douces et aimables vertus qui charment et attirent.

Mme Delbourg était la femme d'un négociant ; elle était mère de deux filles de dix-sept à dix-huit ans et d'un jeune homme de vingt ans environ. Mme de Servan rencontrait rarement chez lui M. Delbourg ; il était presque toujours absent pour ses plaisirs ou pour ses affaires. Quant à Mme Delbourg, elle possédait les manières du monde ; sa conversation était spirituelle et semée de traits piquants ; mais au lieu de se renfermer dans le cercle d'un petit nombre d'amis, au lieu de chercher ses jouissances dans l'accomplissement de ses devoirs, elle ne songeait qu'à briller dans le monde, à effacer les traces que les années avaient imprimées sur son visage. Sa fortune, qui eût pu rendre heureuse une femme aux goûts simples et raisonnables, était bien loin de suffire à ses désirs, et souvent elle se trouvait aux prises avec des embarras qu'elle se créait elle-même.

Ses deux filles, Laure et Amélie partageaient son orgueil et sa vanité ; une éducation mal dirigée en avait fait des femmes frivoles et légères, incapables de se livrer à des occupations utiles, et de chercher leurs délassements dans les jouissances intellectuelles, dans la culture des arts d'agréments.

Adolphe, leur frère, n'avait pas plus de sérieux dans les goûts ni de maturité dans l'esprit : fier de quelques avantages extérieurs, il vivait dans le désœuvrement, et s'abandonnait au plaisir, sans chercher à se créer une carrière honorable.

On conçoit facilement que madame de Servan, dont la raison était si droite et si éclairée, ne pouvait éprouver que des sensations pénibles dans la société de cette famille, dont semblaient être bannies toutes les vertus qui font le charme du foyer domestique. C'est en vain qu'elle s'efforçait de faire sentir à ses jeunes parentes le néant, la vanité de ces plaisirs qui absorbaient tous leurs instants, toutes leurs pensées; son langage chaleureux et persuasif ne produisait aucune impression sur leur cœur, et elle avait dû se convaincre de l'inutilité de ses efforts.

Cependant il lui était bien difficile de se soustraire à l'empressement dont elle était l'objet; les invitations se succédaient sans cesse dans la famille Delbourg, et toujours on lui prodiguait les marques de déférence et d'amitié. Mme de Servan aurait cru manquer aux égards qu'elle devait à la mémoire de son époux, si elle s'était obstinément refusée à répondre à leurs avances.

Pourtant, avant son départ pour les Etats-Unis, ils n'avaient jamais cherché à l'arracher à son isolement, et, en comparant leur indifférence d'autrefois avec leur conduite actuelle, il lui était facile de deviner les motifs qui les faisaient agir. On l'avait délaissée alors qu'elle était dans une position de fortune médiocre, et on la recherchait maintenant que son riche héritage était devenu un appât qui excitait vivement la convoitise de la famille Delbourg : aussi ces liens de parenté, traités autrefois par eux avec tant de légèreté, leur étaient-ils tout à coup devenus bien précieux.

Cependant M. et Mme Raynold portaient ombrage à Mme Delbourg, car Mme de Servan ne dissimulait point l'affection qu'elle leur portait. Toutefois elle voyait Angéline moins fréquemment qu'elle ne l'eût désiré, car sa présence causait toujours à Mme de Solières une impression pénible. La mère d'Angéline ne pouvait oublier dans quelles douloureuses circonstances sa cousine lui était apparue pour la dernière fois; sans se l'avouer à elle-même, elle ne lui pardonnait pas la noble tâche que la génereuse femme avait accomplie à l'égard de Françoise, la pauvre enfant abandonnée. Enfin, Mme de Solières ne pouvait se défendre d'un secret sentiment d'envie à la pensée de l'opulence qui était devenue le partage de Mme de Servan, tandis qu'elle avait vu diminuer les richesses dont elle était autrefois si heureuse et si fière.

Cependant Mme de Servan évitait avec soin toute allusion au changement survenu dans leurs positions de fortune ; mais si Mme de Solières lui témoignait beaucoup de réserve et de froideur, en revanche Mme Raynold se montrait avec elle expansive et confiante, et trouvait dans son amitié un refuge, contre les chagrins qui l'accablaient parfois avec d'autant plus de force qu'elle voulait les cacher à son époux, et lui montrer un visage heureux et souriant.

Mme de Servan la trouva un jour morne, abattue et le visage baigné de pleurs; elle s'informa du sujet de sa douleur, et Angéline lui apprit que ce jour devait être marqué pour elle par un cruel sacrifice ; le château de Bernes allait passer dans des mains étrangères. C'était devenu une impérieuse nécessité pour Mme de Solières que de renoncer à cette belle habitation, où elle avait joui d'une si douce félicité.

— Vous le savez, disait Angéline avec une expression touchante, je n'ai jamais regardé la richesse comme une condition indispensable du bonheur ; au contraire, je l'ai toujours rêvé au sein de la médiocrité ; mais il m'en coûte de dire pour toujours adieu à cette contrée, de penser que cette maison où je suis née ne va plus nous appartenir, et qu'il ne me sera plus permis de porter mes pas dans ces jardins, sous ces ombrages, où rieuse et légère, j'ai tant de fois folâtré; il me semble voir s'évanouir tous les joyeux souvenirs de mon enfance.

Emue par l'expression de cette douleur si légitime, Mme de Servan essaya de faire diversion aux tristes pensées qui agitaient le cœur d'Angéline; elle évoqua les noms chéris de Raphaël, de Marie, égide protecteur qui préservait toujours la jeune femme du découragement. Sous l'influence de ses douces et persuasives paroles, Angéline sentait peu à peu se calmer son agitation et ses regrets.

Hélas! le moment approchait où elle allait perdre pour toujours cette amie si tendre et si dévouée.

En effet la santé de Mme de Servan déclinait rapidement; une maladie de langueur affaiblissait graduellement ses forces, et la conduisait vers la tombe. Un jour arriva où il ne lui fut plus possible de quitter son appartement; Angéline vint alors comme l'ange de la consolation s'asseoir à son chevet, l'entourer de soins attentifs, éloigner d'elle l'ennui. Elle consacra à Mme de Servan tous les instants qu'elle pouvait dérober à l'intérieur de sa maison. Si elle agissait ainsi, c'était sans arrière-pensée d'intérêt, et par un élan tout spontané que lui inspirait la bonté de son cœur, son attachement pour sa parente.

Elle rencontrait souvent auprès de la malade quelques-uns des membres de la famille Delbourg qui lui témoignaient toujours de la froideur, et même de l'animosité. Il n'était pas difficile d'en deviner la cause, car plus la dernière heure de Mme de Servan approchait, plus ils redoublaient d'empressement et d'assiduité, plus ils veillaient à ce que Mme Raynold ne se trouvât jamais seule avec sa cousine.

La maladie n'avait point ôté à Mme de Servan sa sérénité d'humeur, sa force de caractère ; il lui arrivait souvent de prendre la main d'Angéline, en attachant sur la jeune femme un regard qui prouvait combien son amitié pour elle était toujours vive et profonde.

Cependant, ses dispositions testamentaires étaient depuis longtemps terminées ; mais rien n'en avait transpiré, et elle gardait soigneusement son secret.

La piété sincère, qui animait son cœur, vint soutenir son courage au moment suprême, et ses derniers instants couronnèrent dignement une vie qu'avait ennoblie la pratique constante des vertus les plus touchantes.

Angéline et son mari donnèrent des larmes sincères à la mémoire d'une femme dont ils avaient pu apprécier le généreux caractère; hélas ! ils étaient bien loin de prévoir l'orage que cette mort allait attirer sur eux.

Mme de Servan laissait une fortune considérable, et l'opinion publique se préoccupait vivement de savoir à qui allait échoir son riche héritage.

Mme Raynold s'attendait bien à recevoir un léger souvenir ; mais quelles furent sa surprise et son émotion, quand l'ouverture du testament vint lui donner une nouvelle preuve de l'attachement de sa parente. Mme de Servan lui laissait une somme considérable qui pouvait suffire à racheter le château de Bernes et ses dépendances. Ensuite, elle abandonnait aux pauvres le reste de sa fortune, à l'exception de quelques legs faits à d'anciens serviteurs.

Elle avait destiné ses bijoux à Françoise comme un affectueux souvenir, et, si elle ne lui avait pas donné une plus large part dans son testament, c'est qu'elle savait que les dons de M. Termonde avaient placé la jeune femme dans une belle position de fortune.

Quant aux membres de la famille Delbourg, ils n'avaient aucune part aux libéralités de la riche veuve.

Un semblable dénouement devait porter au plus haut point leur exaspération ; hé quoi ! ils voyaient échapper une superbe proie sur laquelle ils avaient compté ; ils voyaient perdu le fruit de leur empressement, de leurs assiduités. Ils dissimulèrent leur mécontentement, bien résolus de se venger, et d'appeler à leur secours la ruse et l'intrigue.

Si Léon Raynold avait vu avec bonheur la fortune rentrer dans sa demeure, c'était surtout pour rendre à Angéline les douceurs de l'opulence ; il se trouvait heureux de pouvoir de nouveau courir au devant de ses désirs. Mais quel fut son étonnement en voyant entrer chez lui deux agents de la force publique qui lui déclarèrent qu'ils étaient chargés de procéder à son arrestation. Fort de son innocence, l'artiste se prépara à les suivre, ne doutant pas qu'il n'y eût là quelque méprise. Avec quelle surprise, quelle indignation, il apprit qu'il était accusé d'avoir dérobé le dernier testament fait par Mme de Servan, et d'y avoir substitué celui qui lui assurait une large part dans l'héritage de sa parente !

À la nouvelle de cette accusation, Angéline éperdue, éplorée, accourut dans les bras de son époux qui apaisa sa douleur en lui persuadant qu'il recouvrerait promptement la liberté, qu'elle le reverrait bientôt absous et justifié. Mais quand elle revint quelques jours plus tard, elle le trouva morne et abattu, et c'est elle qui cette fois dut relever son courage. Il avait reconnu avec quelle infâme adresse ses adversaires avaient combiné leur accusation. Il y avait d'ailleurs une circonstance, qu'il ne lui était pas possible de nier, et qui élevait contre lui les charges les plus accablantes.

Pendant un séjour de quelques mois qu'elle avait fait aux eaux, Mme de Servan avait entretenu avec Angéline une correspondance suivie, où la jeune femme s'ouvrait à elle avec une entière confiance, et l'initiait à ses secrets de famille.

Un jour que Mme de Servan, bien près de sa fin, se trouvait seule avec Léon : « Mon ami, lui dit-elle, j'ai en ma possession plusieurs lettres d'Angéline que je n'ai pas voulu détruire, car ce sont vraiment des chefs-d'œuvre de grâce et de sentiment. Je veux les lui rendre, car elle craindrait peut-être de les voir, après ma mort, livrées à des regards indiscrets. Veuillez donc les prendre ; elles sont dans la chambre voisine ; voici la clef de mon secrétaire ; vous les trouverez dans un portefeuille en maroquin brun.

Léon Raynold s'était rendu à ce désir sans y attacher d'importance, et, au moment où il refermait le secrétaire, il vit paraître le docteur qu'introduisait une des servantes. Cette fille avait été gagnée aux intérêts de la famille Delbourg qui l'avait chargée de surveiller les démarches de M. et de Mme Raynold.

Pour faire preuve de zèle, elle se hâta d'aller faire part de cet accident à Mme Delbourg qui se promit bien d'en tirer parti à l'occasion.

L'artiste comprenait que l'explication qu'il

avait à donner soulèverait une incrédulité générale ; il savait qu'on avait à faire valoir contre lui sa position pécuniaire, ses goûts pour la dépense, et il frémissait à la pensée d'une condamnation qui allait peut-être flétrir, et condamner au malheur sa femme et ses enfants.

Angéline, dans cette situation douloureuse, sentit son courage s'élever au niveau des devoirs qu'elle avait à remplir. Mme de Solières, oubliant ses griefs contre son gendre, s'unit à sa fille pour chercher les moyens de prouver l'innocence de Léon Raynold ; leurs pensées se tournèrent naturellement vers la fille adoptive de Mme de Servan, dépositaire de tous les secrets de sa bienfaitrice. Un doute cruel leur restait ; serait-elle disposée à leur prêter son appui ? ne pouvait-elle pas elle aussi être envieuse du legs fait à la famille Raynold ?

— Non, non, murmurait Mme de Solières, n'ayons pas recours à cette démarche humiliante.

Mais Mme de Servan avait souvent parlé à Angéline de l'heureuse transformation qui s'était accomplie dans sa petite compagne d'autrefois, et Mme Raynold résolut de faire un appel à sa générosité. Que lui importaient les humiliations quand il s'agissait du repos, du bonheur de son époux ?

Elle écrivit à Françoise, et, avec cette éloquence touchante que lui inspirait la chaleur de ses sentiments, elle lui peignit ses poignantes angoisses, le malheur qui la menaçait, et le service que sa famille attendait d'elle.

Françoise pleurait encore amèrement la perte de sa bienfaitrice, quand elle reçut la lettre d'Angéline. A la lecture de ces lignes, une émotion profonde s'empara de son cœur, et tout en déplorant l'infortune de Mme Raynold, elle se sentit enivrée de bonheur à la pensée de pouvoir à son tour contribuer à sauver l'honneur du jeune artiste. Son époux était absent alors ; sous l'empire de l'exaltation qui s'était emparée de son ame, elle répondit à la fille de Mme de Solières une lettre chaleureuse où elle lui annonçait qu'elle avait en sa possession plusieurs lettres de sa bienfaitrice, dans lesquelles elle lui manifestait sa défiance, son éloignement pour la famille Delbourg, en même temps que son attachement pour Angéline, son époux et ses enfants.

« Toujours, disait-elle, toujours elle m'a laissé voir l'intention où elle était de vous faire une large part dans son héritage. Mais je ne me contenterai point de vous faire parvenir cette correspondance ; j'irai moi-même en France porter à M. Raynold l'appui de mon témoignage, heureuse si je puis contribuer à le sauver, et réparer ainsi en partie le mal que je vous ai fait autrefois. Ah ! madame, ce souvenir a empoisonné toutes les joies de ma vie, et pour vous prouver mes regrets, je suis prête à faire tout ce qui est en mon pouvoir »

Son mari était alors absent ; il revint quelques jours plus tard ; elle lui apprit à son retour l'accusation portée contre Léon Raynold et la détermination qu'elle avait prise. C'était la première fois qu'elle adoptait une résolution aussi grave, sans attendre à l'assentiment de son mari ; il en fut profondément blessé. C'était un homme froid, habitué à ne jamais agir par entraînement, à écouter toujours les conseils de la raison. Il trouvait dans sa femme beaucoup de prudence et de sagesse, et il en avait conçu pour elle une profonde estime. Il s'étonna d'abord de son enthousiasme ; il essaya de combattre son projet, et de lui persuader qu'il suffirait de transmettre à la justice les lettres de Mme de Servan. Il ignorait les circonstances de son séjour au château de Bernes, et savait seulement qu'elle y avait été recueillie pendant quelques années.

— Crois-moi, lui disait-il, tu t'exagères les devoirs que t'impose la reconnaissance.

Elle baissait la tête, car elle eût rougi d'avouer à son époux les motifs qui l'entraînaient ; mais elle le supplia de ne point s'opposer à ses desseins.

— Ah ! lui disait-il, je comprends que tu aspires à revoir la France ; mais pourquoi ne pas attendre au moment où je pourrais t'accompagner ? Comptes-tu pour rien les inquiétudes que j'éprouverai en te voyant exposée aux dangers d'un si long, d'un si pénible voyage ? songe à ton fils ; pourras-tu rester si longtemps éloignée de lui ?

Cette dernière réflexion parut faire une vive impression sur elle, mais n'ébranla point sa résolution.

Cependant, le lendemain, une circonstance

nouvelle faillit faire échouer son projet ; son fils, son cher Henri vint à elle en se plaignant d'un violent mal de tête. Elle s'alarma de son indisposition, se demandant si ce n'était pas là le commencement d'une maladie grave qui allait se déclarer. Un moment la jeune femme eut l'idée de renoncer à son voyage. Elle passa plusieurs heures dans un état de doute et d'anxiété extrêmement pénible, car son départ devait avoir lieu le lendemain.

Un combat violent se livrait en elle ; l'amour maternel parlait bien haut dans son cœur ; mais elle reportait aussi sa pensée vers Angéline, vers la malheureuse femme qui comptait sur ses promesses et qui attendait son arrivée avec anxiété.

Dans la soirée, Henri parut se trouver mieux, il sourit à sa mère, demanda ses jouets de prédilection, et dès lors Mme Belfond ne balança plus ; elle se reprocha même d'avoir hésité un instant. Elle passa la nuit à terminer ses préparatifs de voyage, et s'éloigna le lendemain de son habitation, après avoir couvert son fils de ses caresses, et avoir adressé les plus chaleureuses recommandations à la négresse préposée à sa garde qui, d'ailleurs l'aimait comme son enfant.

Les adieux de M. Belfond furent secs et froids ; il était triste et mécontent ; il blâmait la conduite de sa jeune femme, et, sans vouloir s'opposer à son départ d'une manière absolue, il sentait diminuer son affection pour elle.

Mme Belfond s'embarqua donc pour la France emportant dans le cœur un sentiment douloureux, et pourtant elle allait réaliser le désir de toute sa vie, rendre à Mme Raynold un service immense. L'entrevue des deux jeunes femmes fut touchante ; c'était la première fois qu'elles se retrouvaient en présence depuis leur séparation au chevet du lit de douleur d'Angéline. Le premier mouvement de Françoise fut de se jeter aux pieds de Mme Raynold qui la releva en la pressant sur son cœur ; pendant quelques instants elles confondirent leurs larmes. Ah ! c'est que depuis le moment où elle s'étaient éloignées l'une de l'autre, le chemin de la vie s'était déroulé devant elles, et toutes deux, l'enfant prévilégiée de la fortune, aussi bien que la pauvre orpheline, avaient bu plus d'une fois à la coupe des souffrances et des amertumes.

Mme de Solières elle-même était touchée du dévouement de Françoise, et l'accueil qu'elle lui fit témoignait assez qu'elle ne conservait plus dans le cœur aucun ressentiment contre elle.

L'arrivée de Françoise avait ranimé l'espérance d'Angéline ; en effet la déposition de la jeune femme, déposition importante et impreinte de franchise et de sincérité ; exerça une grande influence sur l'esprit des jurés. Le défenseur de l'artiste sut habilement tirer parti de cette circonstance ; il montra cette jeune femme traversant seule les mers, bravant tous les périls d'une longue navigation pour venir avec un entier désintéressement rendre un solennel hommage à la vérité, sans qu'aucun intérêt personnel pût l'y engager, puisque le testament de Mme de Servan détruisait les espérances qu'elle avait pu concevoir.

Léon Raynold quitta le banc des accusés absous et justifié : son innocence avait été solennellement proclamée. Il sortit fier et radieux de cette salle où il était entré courbé sous le poids d'une infâme accusation, et les acclamations chaleureuses de l'auditoire lui prouvèrent que l'arrêt qui venait d'être prononcé n'était que l'écho de la conviction intime qui avait pénétré tous les cœurs.

Quand la tempête a cessé de déchaîner ses fureurs, la nature revêt une plus belle, une plus riante parure, et tous les êtres de la création chantent leur hymne éternel avec plus de plaisir et d'allégresse ; ainsi quand l'homme a été éprouvé par de cruelles angoisses, il savoure la félicité avec plus de bonheur et d'ivresse.

Aussi n'essaierons-nous point de peindre le moment plein d'ineffable jouissance où les deux époux se virent dans les bras l'un de l'autre, où Léon Raynold se retrouva dans sa demeure, auprès de son aimable compagne et de ses jolis enfants qui se disputaient ses caresses.

Mme de Solières avait voulu, elle aussi, prendre sa part de cette fête de famille, et sa présence ajoutait encore au bonheur de Mme Raynold. Au milieu de la joie générale, Françoise n'était point oubliée, et c'était à qui lui prodiguerait les témoignages d'affections et de reconnaissance. La jeune femme se trouvait heureuse de voir la paix et la félicité remplacer dans cette demeure les angoisses et les alarmes ; mais pourtant un sentiment bien douloureux oppressait son cœur, c'est que depuis son départ des Etats-Unis, il ne lui était parvenu aucune nouvelle de son époux, et, en reportant sa pensée vers son mari et son fils, elle éprouvait de cruelles inquiétudes.

Le repas venait de se terminer ; la famille était réunie dans le salon ; Mme Belfond promenait un regard triste et rêveur sur tous ces visages où brillait la joie la plus vive, quand on lui remit tout à coup une lettre qui la fit tressaillir. A peine en eut-elle parcouru le contenu, qu'une pâleur mortelle se répandit sur ses traits. Comme ses amis s'empressaient autour d'elle, elle ne put que leur tendre la lettre fatale, en murmurant d'une voix expirante :

— Lisez.

Elle était de M. Belfond et ne renfermait que quelques lignes d'une écriture illisible.

« Vous n'avez plus d'enfant, lui disait-il ; dès le lendemain de votre départ, Henri a été atteint d'une fièvre violente, et il est mort en vous cherchant du regard, mort en appelant vainement sa mère. »

C'était là tout, et il n'ajoutait pas un mot d'affection ni de consolation pour sa malheureuse femme.

Courbée sous le poids de la douleur, Françoise semblait pour ainsi dire, anéantie dans son désespoir ; la pensée du chagrin de son époux retombait sur son cœur comme un poids douloureux, pour ajouter à ses tortures.

Il est des souffrances contre lesquelles l'homme serait bien faible, bien impuissant, si la religion ne venait à son secours ; et certes, Françoise avait besoin de faire appel à ses espérances suprêmes pour supporter encore le poids de la vie. L'avenir lui apparaissait sous les plus sombres nuages ; toute joie semblait lui être ravie en ce monde. La douce voix d'Henri ne devait plus retentir à ses oreilles, et son époux lui pardonnerait-il jamais d'avoir un instant quitté son fils ? Les liens d'affection qui l'unissaient à elle n'allaient-ils pas être brisés pour toujours ?

Les larmes de ses amis, leurs affectueux serrements de main lui disaient assez qu'ils comprenaient sa douleur, et qu'elle avait un écho dans leur cœur.

Cependant, les jours suivants, Françoise retrouva un peu de calme et de courage, et se sentit assez de force pour écrire à son mari. Elle s'efforçait de lui inspirer de la résignation, et le suppliait de quitter l'Amérique, pour venir s'établir en France.

Il en eût coûté beaucoup à la jeune femme de s'arracher aux affections dévouées qui l'entouraient, de se retrouver dans l'habitation où elle avait connu des joies qui ne devaient plus renaître pour elle.

M. Belfond se rendit à ses désirs; il espérait que le changement de pays ferait diversion à sa douleur ; et d'ailleurs le séjour des lieux où Henri avait rendu le dernier soupir lui était devenu insupportable.

A son arrivée à Paris, Françoise fut effrayée du changement que le chagrin avait opéré en lui. Le coup qui avait atteint M. Belfond était de ceux qui laissent dans l'ame des traces ineffaçables ; c'était d'ailleurs un homme d'un caractère sérieux, réfléchi qui conservait longtemps les impressions qu'il avait reçues, et se laissait difficilement distraire par les objets extérieurs.

Enfin, tous les efforts, tout le dévouement de Françoise, et surtout la profonde piété dont elle était animée, triomphèrent de la douleur de son époux, je dirai, presque de son ressentiment. Il rendit justice à sa vertueuse femme déjà si éprouvée, et Dieu, comme s'il eût voulu les récompenser tous deux, leur donna deux autres enfants, un fils et une fille, qui firent bientôt leur consolation et leur joie.

La vie de Mme Raynold s'écoula au sein de l'amitié, de la paix et du bonheur ; M. Raynold, mûri par le malheur et par les leçons de l'expérience, usait avec un sage discernement des richesses que la Providence lui avait rendues ; il avait oublié ses ressentiments contre Mme de Solières qui était revenue, elle aussi, à des idées plus douces et plus conciliantes.

Marie et Raphaël, tous deux bons, sensibles et vertueux, grandissaient sous les yeux de leur mère.

Le bonheur désormais était assuré aux deux familles. La réparation si grande et si sublime de Françoise avait trouvé grâce devant Dieu ; l'affectueuse charité d'Angéline, le pardon qu'elle avait si généreusement accordé à Françoise, avaien: reçu dès ici-bas leur récompense.

FIN

TABLE.

FIN DE LA TABLE.

Tournai, typ. de H. Casterman.

DU MÊME ÉDITEUR :

RÉCITS MORAUX ET AMUSANTS de l'abbé **OTTMAR** traduits de l'allemand par Pauline **L'OLIVIER** (Madame Braquaval.) et publiés avec l'approbation de l'abbé Ottmar et celle de Mgr l'Evêque de Tournai. Chaque volume de plus de 300 pages est illustré de quatre beaux dessins à deux teintes.

1 **Violettes.** Le petit bonnet. — Rosalie. — Le jugement. — Antoine et Ferdinand. — Rodolphe et Raphaël. — Amour filial.

2 **Myosotis.** Le secours de Marie. — La nuit de Noël. — Piété, douceur et réconciliation.

3 **Bluets.** L'amour de la croix. — Paul ou la reconnaissance chez les animaux. — L'œuf de Pâques, — Le 25 juillet 1856 célébré en famille.

4 **Pervenches.** Madeleine ou le pouvoir de la charité. — Cassilda ou les Maures en Espagne. — Le joueur. — Pic de la Mirandole, comte de Concordia.

5 **Anémones.** Mathilde et Isabelle. — Michel et Berthold, ou comme doivent être traités les animaux. — Le vieux chapelet. — Le champ de Buchenwalde. — Richesse et pauvreté. — Conrad et Franz, ou les deux neveux. — Sébastien ou l'action de la Providence. — Eudoxie, impératrice d'Orient, poésie.

Fleurs des Dunes. Joseph-Dorp ou la Panne. — Le Juif Errant. — Rose et Valentine. — Agar dans le Désert.

MUSÉE MORAL ET LITTÉRAIRE DE LA FAMILLE. Collection économique d'ouvrages nouveaux et intéressants, publiés dans le format grand in-8, papier fort. Chaque volume est orné d'un sujet gravé. Broché élégamment.

1 **La Chaumière de Haut-Castel** ; par E. Benoît.

2 **Le Village des Alchimistes** ; traduit par A. D'Aveline.

3 **Clémence** ou Dieu veille sur l'orpheline ; par H. Van Looy.

4 **Les périls de Paul Percival** ; par De Courson.

5 **La Ferme d'El-Rharbi**; par Arm. De Solignac.

6 **Les baguettes du petit Tambour**; par A. D'Aveline.

7 **L'Étoile de Tunis** ; par Ch. Raymond.

8 **Au foyer de la famille**, nouvelles ; par Thil-Lorrain.

9 **Le Sire Évrard** ; par René De Maricourt.

10 **Les Amies de Pension**, nouvelle traduite de l'anglais.

www.ingramcontent.com/pod-product-compliance
Ingram Content Group UK Ltd.
Pitfield, Milton Keynes, MK11 3LW, UK
UKHW020152200726
13856UKWH00003B/963